아름다운 청년 이수현
20주기를 추모하며

이 수 현,
1 월 의
햇 살

이수현, 1월의 햇살

모방 불가능한 뜨거운 열정으로
삶 자체를 한 편의 시(詩)로 만든 너
영원한 울림으로 남은 아름다운 청년

네 말처럼 젊다는 건 후회하지 않는 것
차별과 혐오와 이기주의로 얼어버린 이 시대를
온몸으로 안아 따스하게 녹여주어 고맙다

단 한 번도
정답을 알려준 적 없는 세상에서
지칠 때마다 고개 들어 하늘을 보면

그때마다 가만히 이마에 와 닿는 햇살
가던 길 멈춰 눈 감고 미소 짓게 하는 바람
그 모든 것에서 느껴지는 너

매일매일
순진한 호기심으로 가득했지
거칠 것 없이 도전하고 어른 흉내도 곧잘 냈지

음악과 운동과 인간과 세상을 온 힘을 다해 사랑했고
가만히 앉아 기다릴 수는 없다며
저 멀리 있는 미래의 멱살을 잡고 끌어오려 했지

세상은 여전히 무섭고
살아가는 일은 늘 외로워
도시는 한없이 반짝이는 작은 사막

어둠이 지나고 새벽이 오니
너는 누구보다 빨리 짐을 꾸려
또 길을 나섰구나

그 길 위에서
누구보다 멀리, 누구보다 큰길을 떠나며
우연처럼 더 많은 사람을 만나라

모두 너를 반가워하고
너에게 힘을 얻고
너를 사랑하고 기억할 거야

아직도 매일매일 보고 싶으니
시간이 약이라는 말은 거짓말이야
만날 수는 없지만 오래오래 세상을 품어줘

가장 추운 날에도
한 군데 빠짐없이 골고루 세상을 안아주기 위해
기어코 우리를 찾아오는 1월의 햇살처럼

차
례

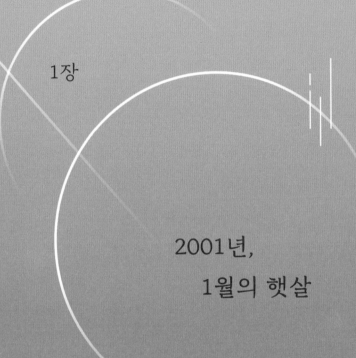

1장

2001년,
1월의 햇살

2001년 1월 27일 새벽 2시.

여느 날과 다를 바 없는 고요한 겨울밤이었다. 부산 연산동 동서그린아파트 수현의 본가 거실에서 느닷없이 전화벨이 울리기 시작했다. 수현의 아버지 이성대(李盛大) 선생과 수현의 어머니 신윤찬(辛潤贊) 여사가 거의 동시에 잠에서 깼다.

"실례합니다. 이수현 학생 집입니까?"

이성대 선생의 손에 잡힌 수화기 너머에서 수현이가 공부하고 있는 아카몽카이(赤門會)일본어학교 부산사무소 윤길호 소장의 목소리가 들려왔다. 애써 차분하게 말하려고 노력하는 게 느껴져 이성대 선생의 마음이 오히려 더 불안해졌다.

"이 시간에 무슨 일인가요. 혹시 수현이에게 무슨 일이라도 생겼습니까?"

이성대 선생도 최대한 차분하고 낮은 목소리로 말하려 했지만, 잘되지 않았다. 숨기려는 불안과 목소리의 떨림은 오히려 긴장감만 증폭시켰다. 수화기 너머에서 참담한 기분에 휩싸인 윤길호 소장이 말했다.

"수현 군이 사고를 당했습니다... 그래서..."

이성대 선생은 핑 도는 어지럼증을 느꼈다. 아무 말도 하지 않고 침묵하는 이성대 선생에게 윤길호 소장이 말을 이었다.

"아주 많이…… 다쳤다고 합니다."

곁에서 신윤찬 여사가 걱정스러운 눈빛으로 남편을 바라보고 있었다. 남편은 별다른 말을 하지 않고 그저 수화기를 든 채 낮은 탄식만 반복했다. 신윤찬 여사는 그런 남편의 표정과 목소리만으로도 심상찮은 일이 일어났음을 직감했다.

사위의 고요함과 불현듯 걸려온 새벽의 전화, 그리고 어떤 사실을 절박하게 감추려는 듯 연기하는 남편의 저 낮고 차분한 탄식. 신윤찬 여사는 갑자기 숨이 막혔고 금방이라도 울음이 터질 것 같은 기분이 되었다. 어느 정도 나이를 먹고 나면 특별히 바라는 것도, 특별히 아쉬울 것도 없어지게 마련인데 그렇게 남은 에너지는 고스란히 자식을 위해 축적되는 법이다. 신윤찬 여사는 다른 어떤 비극도 받아들일 수 있었지만 자식의 일만큼은 그럴 수 없었기 때문에 거짓말처럼 정신을 번쩍 차렸다.

"무슨 일인지 얘기 좀 해봐요."

이성대 선생이 한동안 허공을 응시하며 침묵하다 가라앉은 목소리로 입을 열었다.

"수현이에게 사고가 난 모양인데… 큰 사고인가 봐. 아무래도 내일 일본에 가봐야 할 것 같으니까 잠깐이라도 눈을 좀 붙이는 게 좋겠어."

수현의 아버지와 어머니는 복잡한 마음으로 뒤척였다. 얼마나 다친 걸까. 불구가 되어버린 건 아니겠지. 설마 그럴 리는 없겠지...... 나쁜 상상들이 심장을 조여왔지만, 수현이를 다시 볼 수 없을 것이라는 생각은 조금도 하지 않았다.

신윤찬 여사는 원래 잠을 깊이 자지 못하고 있었다. 오랫동안 치매를 앓고 있던 시어머니를 수발하기 위해 잠결에도 큰방을 오가야 할 일이 많았기 때문이었다. 온종일 이불 위에 누워서 지내야만 하는 시어머니를 보살피는 일은 고달팠지만 그런 엄마가 힘들까 봐 집에 오면 늘 애교를 떨며 살갑게 굴던 아들 덕분에 자주 웃을 수 있었다. 수현이는 고등학생 때부터 필요한 게 있으면 언제 했는지도 모르게 아르바이트를 하는 등 알아서 처리하는 의젓한 아들이었다. 그런 아들이 사무치게 보고 싶어져 무엇에 쓰이기라도 한 것처럼 전화기를 만지작거리며 계속 수현의 핸드폰 번호를 눌러보았지만 아무리 전화를 걸어 봐도 수화기 너머에서 들려오는 건 규칙적으로 울리는 공허한 신호음뿐이었다.

쉽게 잠들기 어려워 뒤척이던 수현의 어머니는 그날따라 악몽에 시달리며 자는 듯 마는 듯 해가 뜰 때까지 잠자리에서 뒤척였다. 잠깐의 꿈속에서는 정체를 알 수 없는 공간 안에 갇혀 허우적댔다. 사방이 회벽 시멘트로 발려 있었다. 구석에 있는 나사까지 시멘트였다. 꿈속에서 고통스럽게 허우적대던 그녀의 등 뒤에서 누군가 외쳤던가.

"거기서는 빠져나오지 못해요!"

수현의 어머니는 나갈 수 있을 것 같다고, 나가고 말겠다고 외쳤지만 결국 그 사각의 막다른 공간에서 빠져나오지 못한 채 발버둥치다 잠에서 깼다. 잠이 들었던가, 아니면 내내 깨어있었던가. 꿈인지 현실인지 분간이 가지 않는 악몽은 계속 나쁜 예감처럼 몸에 달라붙어 있었다. 평소에는 꿈도 거의 꾸지 않는 편이라 더욱 불길한 기분이 들었다. 음력으로 2001년 설날이 1월 23일이었으니 새해가 시작된 지 비로소 사흘이 지난 음력 초사흗날이었다. 수현이가 연말에 부산에 쉬러 왔다가 다시 일본으로 돌아간 지 20일도 채 지나지 않은 날이기도 했다.

그렇게 수현의 아버지와 어머니는 살아온 날 중 가장 긴 밤을 겨우 버티고 날이 밝자마자 짐을 챙겨 일본으로 가기 위해 집을 나섰다.

아침 일찍 비자 발급을 위해 주부산일본국총영사관에 가니 원래 휴일인 토요일이었지만 모든 직원이 나와 있었다. 신윤찬 여사는 겁이 덜컥 났다. 얼마나 심각한 일이기에 휴일인데 이렇게 모든 직원이 다 나와 있는 걸까. 심장이 갑자기 빠르게 뛰었다. TV에서 연방 수현이와 관련된 뉴스가 보도되고 있었다. 수현의 부모는 일부러 눈을 돌리고 귀를 막았다. 하지만 워낙 많은 뉴스를 여기저기서 계속 보도하니 결국은 믿을 수 없는 말을 자막으로도 보게 되고 아나

운서의 목소리를 통해서도 듣고야 말았다.

　순간적으로 가슴이 내려앉았지만 믿지 않았다. 한시라도 빨리 도쿄로 가서 직접 눈으로 확인해야겠다는 생각만 들었다. 오히려 혹시나 의료진이 성급하게 판단해서 우리 아이를 차가운 데 뒀으면 어떻게 하나 걱정하는 마음만 들었다. 백번 양보해 불구가 되었을 수도 있겠다는 생각이 처음으로 들었지만 죽었다는 사실은 받아들일 수도, 상상할 수도 없는 일이었다. 어느 쪽이든 마음이 너무 아파 서 있을 수 없을 만큼 다리에서 힘이 풀렸다. 그래도 이럴 때일수록 더욱더 정신을 차리고 더욱더 힘을 내야 한다고 몇 번이나 반복해서 마음속으로 다짐했다.

　부산에서 도쿄 나리타공항으로 향하는 비행기는 하루에 두 편씩 운항했지만 토요일에는 한 편뿐이었다. 딱 한 편 있는 비행기이니 자칫하면 못 탈 수도 있고 일본에 가기 위해 필요한 비자도 언제 나올지 확신할 수 없는 상황이었다. 수현의 부모는 도쿄행 비행기를 더 자주 운항하는 김포로 간 다음 거기서 도쿄로 가기로 결정했다. 윤길호 소장이 김포에서 출발하는 나리타행 JAL 252편 티켓을 예약해주었다. 김해에서 김포공항으로 가는 비행기도 만석이라 자리 구하기가 쉽지 않았다. 그사이 신윤찬 여사는 서울에 사는 남동생 신명교에게 연락해 일본에 함께 가달라고 부탁했다. 신명교 씨는 일본에서 직장생활을 한 적이 있어 초행인 일본까지 가는데 의지가 될 것 같았다.

오후 1시를 조금 넘은 시각에 비자가 나왔다. 수현의 아버지와 어머니, 그리고 외삼촌까지 세 사람은 2시 50분에 김포공항에 도착해 40분 뒤인 3시 30분에 나리타행 비행기에 탑승했다. 세 사람이 도쿄 나리타공항에 도착한 것은 1월 27일 오후 5시 40분이었다.

아침 일찍 집에서 나와 도쿄까지 오는 하루의 여정은 내내 당황스럽고 불안했으며 무엇보다 무섭고 떨리는 시간이었다. 수현의 부모는 새벽에 전화를 받은 이후 온종일 거의 잠을 못 잔 데다 한 끼도 못 먹은 터였다. 하지만 졸리거나 피곤한 기색은 없었다. 오히려 평소보다 팽팽하게 긴장한 상태였다.

신윤찬 여사에게 일본은 처음이었다. 이성대 선생 역시 오사카에서 태어나 여섯 살까지 일본에서 살았던 과거가 있었지만 어린 시절 이후로는 처음이었다. 아들이 일 년 넘게 살고 있던 곳이었지만 당시만 해도 2002 한일월드컵 이전이어서 일본에 가려면 비자가 있어야 하는 등 여러모로 절차가 까다로워 쉽게 가기가 어려웠는데 그렇다 하더라도 진즉 와보지 못한 게 후회됐다.

도쿄는 수현의 부모님 마음처럼 무겁고 혼란스러운 분위기였다. 입국 수속을 마치고 나오니 수많은 기자 사이에서 수현 부모의 이름을 크게 쓴 종이가 눈에 띄었다. 아카몽카이일본어학교 이시다 마사유키 교장과 수현의 학교 친구 두 명이 마중 나와 있었다. 서로 깊이 고개를 숙여 인사를 나눴다. 수현의 친구 홍일기가 뚝뚝 눈물을 흘리며 다가오더니 무너지듯 수현의 아버지에게 기대며 말했다.

"아버님, 믿을 수가 없습니다......"

이성대 선생은 함께 눈물을 글썽이며 그저 고개만 끄덕일 뿐이었다.

공항에서 시내로 이동하는 동안 친구들이 수현과의 추억을 들려주었다. 여름에 함께 산악자전거로 후지산에 올랐던 일을 비롯해 여러 이야기를 듣는 동안 신윤찬 여사는 그만 울음을 터뜨리고 말았다. 거의 눈이 오지 않는 부산에서 살다 보니 온통 사위가 하얀 눈으로 뒤덮인 풍경이 그 자체로 비현실적이었고 그래서인지 더욱더 슬픈 감정이 복받쳐 큰 소리로 울었다. 도쿄 시내로 들어가는 동안 온갖 불길한 상상이 마음을 괴롭게 해 신윤찬 여사는 내내 고문받는 느낌이었다.

도쿄까지 오는 동안 수현의 부모는 아직 수현이 사망했다는 사실을 믿지 않고 있었다. 어떤 이유로, 어떻게 사고가 난 건지 생각하다 보니 내장이 덜덜 떨릴 만큼 겁이 나서 견디기 어려웠다. 애써 침착해지려고 노력해도 소용없었다. 순간 신윤찬 여사는 남편을 바라봤다. 의지하고 싶었고 뭐라도 좋으니 안심될 만한 얘기를 듣고 싶었다. 아무거나 되는대로 막 물어보고 싶었지만 단 한마디도 할 수 없었다. 소리조차 내기 어려웠다. 실제로 어떤 대답을 듣고 싶은 건 아니었다. 그저 참을 수 없이 떨리는 몸과 마음을 좀 진정시키고 싶었을 뿐이었다. 하지만 문득 눈에 들어온 남편의 표정에는, 오랫동안 함께 살아왔던 그 사람이 저 사람이 맞나 싶을 만큼 처음 보는 비장함이 서려 있었다. 현실의 모든 것이 무서웠다. 신윤찬 여사는 고개를 돌려 바깥을 바라보며 마음속으로 반복해서 되뇔 뿐이었다.

'절대 그럴 리가 없어... 우리 아이에게 그런 일이 벌어졌을 리 없어... 제가 앞으로 정말 잘하겠습니다. 모든 걸 다하겠습니다. 그러니 제발......'

평소와는 너무 다른 남편의 표정을 봤을 때, 신윤찬 여사도 직감적으로 느낀 게 있었지만 겁이 나서 감히 물어볼 용기가 나지 않았다. 만약 물어보게 되더라도 그 대답은 유보하고 싶었다. 돌이켜 보면 이미 공항에 도착했을 때 기다리고 있던 엄청난 규모의 취재진, 여기저기서 이 사건을 다루는 분위기 등이 모두 심상치 않았다. 그저 현실을 인정하고 싶지 않을 뿐이었다.

그날 도쿄는 18년 만에 최대 폭설이 내려 도시가 마비 상태였다. 하늘에서는 표정 없이 무심하게 함박눈이 펑펑 쏟아지고 있었다. 커다란 눈송이들이 쏟아지는 그 길 위에서 신윤찬 여사는 천 개의 생각, 만 개의 두려움이 동시에 몸과 마음으로 스며드는 걸 느꼈다. 차에서 내리면 걸을 수 있을까, 하는 생각이 들 만큼 온몸에서 힘이 쑥 빠지며 급격히 체력이 고갈되어갔다.

도쿄 경시청 신주쿠경찰서의 영안실에 도착하기 전, 신윤찬 여사는 불과 2주일 전 수현이와 함께 있던 때를 떠올렸다. 그것이 아들과의 마지막이 될 줄은 꿈에도 상상하지 못한 터였다. 일본어학교 겨울방학을 맞이해 부산에 온 수현이는 김해공항에 마중 나온 부모님의 차를 타고 집으로 돌아오는 길에 족발이 먹고 싶다며 너스레를 떨었다.

"부산에 오면 뭐 먹을지 다 적어놨어. 일단 족발을 제일 먼저 먹을 거야."

한국에 있을 때는 잘 먹지 않던 음식이었다.

"왜 하필 족발이야?"

신윤찬 여사가 물었을 때 수현이 답했다.

"일본에서는 족발이 너무 비싸. 희한하게 비싸니까 더 먹고 싶어지는 거 있지. 더 먹고 싶은데 비싸니까 못 먹고, 못 먹으니까 더 먹고 싶은 악순환에 빠진 거야. 그 고리를 끊고 가야 해."

그렇게 어리광을 부리면서 환하게 웃던 아들의 표정이 떠올랐다. 그래서 신윤찬 여사는 집에 도착하자마자 족발을 잔뜩 주문했더랬다. 일본 가서 또 먹고 싶은 생각이 안 들 만큼 질리도록 실컷 먹여 보내고 싶었다. 평소에는 족발이 있어도 별로 먹지 않던 아이가 일본에서 생활하더니 입맛이 변했는지 부산 집에 와서는 너무 맛있다며 입가에 기름이 번들번들한 채로 수북하게 담긴 족발을 게 눈 감추듯 금방 비우던 모습이 떠올랐다. 논에 물이 들어가는 모습과 자식 입에 음식 들어가는 모습은 언제 봐도 좋다던 옛 속담을 떠올리면서, 과연 그렇다며 기분 좋게 함께 지냈던 그 시간들이 벌써 못

견디게 그리워 또 눈물이 났다. 불과 2주일 전의 일인데 다시 못 올
시간들이라고 생각하니 가슴 속에 사무치고 또 사무쳤다.

돌이켜 생각할수록 많은 것이 후회됐다. 더 많은 시간을 함께
하지 못한 것, 더 살갑게 챙겨주지 못한 것, 한창 고민도 많고 외로
웠을 시기였는데 더 차분하게 더 많은 얘기를 나누지 못한 것 등등
떠오르는 모든 것이 후회되었다. 물론 자신만 탓할 일은 아니었다.
평소에 워낙 친구를 좋아하고 교제 범위도 넓었던 아들이라 부산에
오면 오랜만에 친구 만나고 밴드 동료들 만나느라 집에 있을 시간이
거의 없던 터였다.

그래도, 그래도…… 그런 생각을 하는 사이 어느덧 일행은 신
주쿠경찰서에 도착했고 결코 마주하고 싶지 않은 현실로 돌아와야
만 했다.

수현의 부모님이 도착하자 기다리고 있던 아카몽카이일본어
학교 아라이 도키요시(新井時贊) 이사장과 일본 경찰들이 건물 밖으
로 나와 정중하게 맞이하고 안내했다. 수많은 취재진으로 혼란스러
운 분위기였지만 아라이 이사장이 취재 자제를 당부했다. 천천히 건
물 안으로 들어가 향냄새가 가득한 공간에 이르렀을 때 경찰들이 깍
듯하게 경례를 한 뒤 무거운 철문을 열더니 앞장섰다. 수현의 부모
님은 걸음이 천근만근이었다. 지옥으로 다가가는 기분이 이런 것일
까. 몸은 무의식적으로 경찰들을 따라가고 있었지만 이 순간을 한없

이 유예시키고 싶은 마음이었다. 하지만 어느새 눈앞에 하얀 관이 나타났다. 수현의 부모님도 걸음을 멈추었다. 잠시 뜸을 들인 뒤 한 경찰이 관을 열었다. 순간, 수현의 어머니는 자신도 모르게 양손으로 얼굴을 감싸며 주저앉았다. 그토록 건강미 넘치던, 자신의 눈에는 세상에서 가장 미남이었던 아들의 얼굴과 몸이 완전히 부서져 알아볼 수 없을 정도로 망가져 있었다. 사고를 목격한 사람의 말에 따르면, 수현은 죽기 직전 열차를 막으려는 것처럼 열차 앞에서 두 팔을 활짝 벌렸다고 했다. 그래서인지 코가 정면으로 부딪친 듯 부서져 있었고 얼굴이 특히 심하게 상해있었다.

수현이가 아니었다. 수현이가 아니라고 현실을 부정했다. 수현이가 즐겨 입고 다녔던 가죽 재킷이 아니라면 도저히 아들이라고 믿을 수 없는 모습이었다. 의사가 최선을 다해 원래 형태를 갖추려고 노력했다지만 너무나 참담하고 끔찍한 모습이었다. 도저히 받아들일 수 없는 상황 앞에서 어떻게 해야 좋을지 몰랐던 수현의 어머니는 소리를 지르고 싶었다. 왜 내 아들이, 왜 하필 그 착하고 순한 아이가...... 쏟아지는 눈물을 참지 않고 계속 울고 있는 수현의 어머니 곁에서 수현의 아버지도 말없이 아들의 모습을 가만히 바라보고 있었지만, 눈에서는 수도꼭지를 튼 것처럼 눈물이 쏟아지고 있었다. 곧 수현의 부모는 부둥켜안고 통곡했다.

신은 있는가...

세상은 어떤 원리로 움직이기에 이런 일이 벌어지는가...

이 세계는 나사가 빠져있는 게 분명했다. 너무도 길고 비현실적인 하루가 지나가고 있었다. 오물거리며 족발을 먹고, 맛있다며 크게 웃었던 2주일 전의 내 아들이 무엇을 잘못했기에 이렇게 죽어야 하며, 나는 또 무엇을 잘못했기에 이런 잔인한 고통을 당해야 하는가. 모든 것이 이해되지 않았다. 받아들일 수 없는 현실이었지만 다른 방도도 찾을 수 없는 무기력하고 슬프고, 무엇보다도 창자가 끊어질 듯 고통스러운 하루가 지나가고 있었다.

하루 전이었던 2001년 1월 26일 저녁, 원래 수현은 평소처럼 오후 6시에 PC방 아르바이트를 마치면 한 시간 뒤에 친구들과 만나 집에서 함께 저녁을 먹을 예정이었다. 그런데 하필 이날 컴퓨터 한 대가 고장 나 속을 썩였다. 평소 수현과 허물없이 친하게 지내던 사장이 별일 없으면 고장 난 컴퓨터를 좀 수리해주고 퇴근해달라는 부탁을 했고, 친구들과 약속이 있었지만 수현은 알겠다며 흔쾌히 컴퓨터를 수리한 다음 평소보다 한 시간쯤 늦게 부랴부랴 퇴근한 참이었다. 약속 시각에 늦은 터라 마음이 급했다.

퇴근 시간 도쿄 신주쿠의 JR야마노테선 신오쿠보역은 수많은 인파로 가득했다. 그 북적대는 전철역 한 곳에서 작업복 차림의 세 남자가 벤치에서 컵술을 마셔가며 큰소리로 웃기도 하며 떠들고 있었는데 거나하게 한잔 걸친 모양인지 거의 만취 상태였다. 승강장 매점 키오스크에서 파는 컵술을 마시던 그들은 이미 30분에 걸쳐 2병

2020년 1월 도쿄 신오쿠보역 앞 거리 모습. 수현이 일본 유학 시절 아르바이트를 하기 위해 사고 직전까지 매일 다녔던 곳이다.

씩 모두 6병을 구입해 마신 뒤였다. 벌겋게 달아오른 얼굴, 불콰한 숨소리, 휘청거리는 걸음으로 또 한 번 컵술을 사러 매점으로 향하던 사카모토 세이코우(坂本成晃)가 점원에게 취한 목소리로 술을 달라고 말할 때 주변 사람들이 눈살을 찌푸렸다. 유쾌한 풍경은 아니었지만 수많은 익명의 사람들이 모여 사는 도시에서는 흔히 목격할 수 있는 풍경이기도 했다. 하지만 이내 취한 사카모토가 비틀대더니 갑자기 홈 가장자리 쪽으로 기울어졌고 더욱더 위태롭게 걷기 시작하더니 결국 선로로 떨어지고 말았다. 출·퇴근 시간 야마노테선의 운행 간격은 2분 30초에서 3분 정도로 짧았고 이미 다음 전철도 저쪽에서 다가오는 게 보였다. 순식간에 역 안이 사람들의 비명으로 휩싸였다.

"사람이 떨어졌어요!"

누군가 다급하게 외치는 소리가 들렸지만 수십 명의 사람들이 그저 허둥대며 선로로 떨어진 취객을 바라보고 있을 뿐이었다. 선로에 떨어진 사카모토와 함께 술을 마시던 동료 두 명도 만취 상태의 몸으로 멍하니 서서, 친구가 떨어졌으니 빨리 구해달라는 소리만 꼬인 발음으로 외치고 있을 뿐이었다.

그때 두 사람이 사카모토를 구하기 위해 선로로 뛰어들었다. 사진작가로 활동하던 1958년생 세키네 시로(關根史郎)와 당시 스물여섯 살이었던 한국인 유학생 수현이었다. 수현은 취객이 떨어진 2번 선의 반대편 승강장에 서 있다가 비명 소리를 듣고 돌아서서 떨어진 취객을 발견하곤 곧바로 선로로 뛰어든 것이었다. 다가오던 전철 운전수가 사카모토와 그를 구하러 선로로 뛰어든 두 사람까지 모두 세 사람을 발견한 것은 약 70m 전방에서였다. 급하게 비상정지용 브레이크를 밟았고 신오쿠보역 안이 순식간에 격렬하게 금속이 부딪치며 내는 굉음으로 가득 찼지만 거대한 전철을 급하게 세우기엔 역부족이었다. 거대한 강철로 이루어진 전철은 그대로 내달렸고 수현은 선로로 뛰어든 지 얼마 지나지 않아 달려드는 전차를 막으려는 듯 양팔을 활짝 벌렸다가 그대로 부딪혀 튕겨 나갔다. 통상, 승강장 밑에는 대피공간이 있게 마련이지만 이 선로는 도로가 지나가는 고가도로로 되어있어 대피공간이 없었다. 또한, 출근 시간과 퇴근 시간을 제외하면 선로에 역무원이 배치되지 않은 채 운영되고 있었다. 비상정지 버튼도 형식적으로 설치되어있어 그 존재 자체를 아는 승객이 거의 없었다. 급하게 비상 연락을 받고 역무원들이 도착했을 때는 이미 수현을 포함한 세 사람이 모두 그 자리에서 사망한 이후였다. 얼마 지나지 않아 기자들이 도착했고 비극적인 소식이 속보로 일본 전역에 방송되었다.

그 시각, 부산에 있던 수현의 어머니는 안동에 살던 수현의 막내 삼촌이 집에 왔는데 외출했다가 안 들어와서 걱정하고 있었다. 장애가 있는 삼촌이어서 걱정되는 마음도 있었지만 꼭 그 이유 때문만은 아니었다. 이상하게 그날따라 마음이 불안하고 일에 집중하기가 어려웠다. 온종일 유난히 실수가 잦았다. 그러다 급기야 저녁에는 냉장고 옆에 있던, 차례를 지내기 위해 사두었던 커다란 정종병을 이상한 생각이 들만큼 어이없이 건드려 넘어뜨리는 바람에 그만 와장창 깨뜨리고 말았다. 부엌 바닥이 순식간에 유리 파편으로 뒤덮여버렸다. 저녁 7시경, 수현이 신오쿠보역에서 전철을 기다리고 있던 시각에 일어난 일이었다.

같은 시각, 아카몽카이일본어학교에서 함께 공부하던 수현의 한국인 친구들도 신오쿠보역에서 멀지 않은 닛포리 인근 한 친구의 숙소에 모여 닭도리탕 파티를 준비하며 수현을 기다리고 있었다. 수현뿐 아니라 한국 유학생들의 일상은 거의 비슷했다. 학교에 가서 공부하고, 마치면 아르바이트를 하고, 집으로 돌아오는 동선. 거기서 크게 벗어나지 않았다. 그리고 아주 가끔, 피 뜨거운 청춘들에게는 단조롭기 그지없는 생활에 숨통을 틔우기 위해 돌아가며 누군가의 집에 모이곤 했다. 다른 나라 학생들과 달리 특히 한국 학생들은 기숙사나 숙소에 자주 모이곤 했는데 그럴 때면 함께 요리를 해 먹고 수다를 떨며 유학 생활의 외로움도 달래고 이런저런 정보나 미래의 꿈도 공유했다. 특별한 음식을 장만할 때면 선생님도 불러서 함께했는데 그러는 동안 서로의 고민도 알게 되고 정도 많이 든 참이었다. 특히 수현은 붙임성이 좋고 본인도 워낙 사람을 좋아해서 늘 주변에 사람이 많았다. 이날도 그런 홈 파티가 예정되어있었는데 6시에 아르바이트를 마치니 6시 30분까지는 올 수 있다고 말했던 수현

1장. 2001년 1 봄날의 약속

이 7시가 넘어도 오지 않자 친구들이 하나둘 수현의 소식을 궁금해하기 시작했다. 신오쿠보에서 닛포리까지는 10분이면 도착할 수 있는 거리인데 연락조차 없던 수현을 기다리던 친구들은, 우연히 TV에 속보로 뜬 신오쿠보역 사고 소식을 접하고 불길한 예감에 휩싸였다.

"야, 빨리 수현이한테 전화 좀 해 봐!"

"……"

"왜 그래? 전화 안 받아?"

"안 받는데? 저 뉴스…… 설마 아니겠지?"

"혹시 모르니까 일단 학교에는 알려야 하지 않겠어?"

친구들 사이에서 이런 대화가 얼마간 오간 뒤, 한 친구가 일본어학교로 이 사실을 알렸다. 그 사이 경찰서로부터 전화를 받고 신원을 확인할 수 있는 서류가 있으면 들고 오라는 말을 들은 아라이 이사장은 학교 입학 때 받아두었던 사진을 들고 황급히 경찰서를 향

했다. 그 사진은 수현이 일본에 유학하기 위해 원서에 붙였던, 원서의 도장이 찍혀있는 단 한 장의 사진이었다. 의젓하게 어깨를 펴고 넥타이를 맨 채 미소 짓는 정장 차림의 사진이었고 어머니 신윤찬 여사가 평소 가장 좋아했던 아들 사진이기도 했다.

수현의 장례식은 1월 28일부터 아카몽카이일본어학교 본관에서 학교장으로 치러졌다. 한국에서는 부모보다 자식이 먼저 세상을 떠나면 부모는 장례식에 참석하지 않는다는 말을 듣고 아라이 이사장이 일본에서 장례를 치르는 게 좋겠다고 판단해 마련한 장례였다. 신윤찬 여사는 담배 피우는 법을 몰랐지만 평소 수현이가 좋아했던 말보로 담배 하나를 입에 물고 불을 붙여 제단 앞에 경건하게 올렸다. 희미한 연기가 천천히 피어올라 수현의 사진 앞을 지나갈 때쯤 누군가 수현의 아버지 이성대 선생에게 마이크를 건넸다. 이성대 선생은 아들의 죽음이 슬프지만 이렇게 많은 분과 친구들이 위로해주어 고맙다는 답례를 의연한 표정과 낮은 목소리로 건넸다.

"아들이 여러분에게 얼마나 많이 사랑받는 사람이었는지, 또 얼마나 성실하게 유학 생활을 했는지 알게 되었습니다. 아들이 일본에 온 것은 헛된 일이 아니었다고 생각합니다. 여러분께 감사의 마음을 전합니다."

침통한 마음과 벌겋게 충혈된 눈으로도 끝내 사람들 앞에서 눈물을 보이지 않는 수현의 부모님을 보며 사람들은 더욱 안타까워했고, 그 강하고 의연한 모습을 보며 과연 훌륭한 부모 밑에 훌륭한 자식이라며 감탄하기도 했다.

수현과 함께 유학시절 형제처럼 지내며 함께 후지산을 등반하기도 했던 친구 홍일기는 추도사를 읽다가 오열했고 일본에서 인연을 맺은 담임교사를 비롯해 많은 지인이 슬퍼했다.

장례식에는 일본 정부의 대변인 자격으로 참석한 후쿠다 야스

오 관방장관을 비롯해 수많은 사람이 참석해 수현을 추모했다. 다나
카 가쿠에이 전 총리의 딸이자 유명한 정치인 다나카 마키코 의원은
빈소에서 "수현 씨와 같은 나이인 우리 막내가 마침 사고현장에 있
다가 연락을 해왔다" 며 "일본 국민을 대신해 깊이 사죄드린다"는 말
로 유족을 위로했다. 일본 정부는 수현의 의로운 행동을 추모하는
뜻에서 일본 정부 훈장 목배(木杯)를 수여했다.

일본 정부 훈장 목배(木杯)

1월 29일 영결식에는 식장 바깥까지 사람들이 몰려들었다. 모
리 요시로 일본 총리를 비롯해 가와노 요헤이 외무대신과 노다 켄
경시총감 등 일본의 각료와 정치인들도 대거 참여해 고인을 추모하
고 유족을 위로했다. 학교 앞 좁은 도로는 전국에서 몰려든 인파로
인산인해를 이루었고 검은 세단이 가득했다. 2002 한일월드컵을 앞

두고 있던 시점이었고 양국의 우호적 분위기 속에서 수현의 의로운 죽음은 이미 큰 사회현상이 되어있었다. 모리 요시로 총리는 수현의 부모님께, "일본 젊은이에게 모범이 되어주신 아드님의 행동에 경의와 조의를 표합니다." 라고 말했고 김대중 대통령에게는 한일 양국의 가교가 된 이수현 군의 명복을 빌며 유족과 한국 국민에게 끝없는 경의를 표한다는 메시지를 보냈다. 김대중 대통령도 사고 직후 곧바로 조전을 보냈다. "고인은 우리 곁을 떠났지만 살신성인(殺身成仁)의 숭고한 희생정신은 한일 양측에 영원히 기억될 것입니다" 라고 쓰여 있었다. 살신성인은 공자의 〈논어〉에 나오는 말로 한국인들에게는 높은 수준의 인문적 실천으로 존중되어온 정신이었다.

하지만 무엇보다 수현의 부모가 큰 위로를 받고 감동한 것은 보통 사람들, 일반 시민들의 조문과 위로였다. 셀 수 없이 많은 평범한 시민들이 조문을 와주었다. 그들은 수현의 친구나 지인도 아니었고 특별히 와야 할 이유가 있는 이들도 아니었다. 뉴스를 통해 소식을 접하고 그야말로 사심 없이 바쁜 시간을 쪼개 참석해준 일반 시민들이었다. 그들은 수현의 부모에게 말했다.

"신문을 읽다가 도저히 그냥 있을 수 없었습니다. 이렇게 멋진 젊은이를 키운 한국에 전례 없는 가까움을 느꼈습니다. 일본 국민의 한 사람으로서 감사의 마음을 꼭 전하고 싶어서 이 자리에 왔습니다. 일본에서 힘들게 공부하던 학생이 돌아가셨다는 소식을 듣고 부모님께 너무 죄송한 마음이 들었어요. 조문 가서 밤샘하고 오겠다고 하니 주변에서는 모르는 사람한테 뭘 그렇게까지 하느냐고 하던데 저는 그렇게까지 해야 하는 일이라고 생각했어요."

시민들은 계속 찾아와 함께 밤을 새워주며 영결식에서 손을 모으고 고개 숙여 명복을 빌어주었다. 정말 많은 사람이 직접 와서 수현의 죽음을 애도했다. 평범한 일본 시민들의 행렬이 추도식장에 줄을 이었고 한일 양국의 많은 사람이 고마움과 부끄러움의 마음을 함께 담은 수많은 글을 수현의 홈페이지에 올리기도 했는데 그 수가 이틀 사이 3천여 건을 넘어섰다.

"만약 그곳에 내가 있었다면, 나는 가만히 있었을 것이라는 부끄러운 생각이 앞섭니다." 라는 글부터 "우리에게 너무나 많은 것을 가르쳐주고 떠나서 슬프고 감사합니다." 라는 글까지 수많은 사연이 올라왔고 수현의 대학 동창들은 학교에 추모비를 세우자는 운동을 시작하기도 했다.

수현이 공부했던 아카몽카이일본어학교로도 전화가 쇄도했다. 한 일본 할아버지가 100만 엔을 기부하겠다고 하는 등 하루에만 수십 건의 성금이 전달됐고 유족의 계좌번호를 알려달라는 전화가 끊이지 않았다.

사고 당일 수현에게 연장근무를 부탁했던 PC방 사장은, 자신 때문에 수현이가 사고를 당했다는 생각에 우울증에 시달렸다. 예정된 시간에 보내주기만 했더라면 그런 슬픈 일은 일어나지 않았을 거라며 자책하고 또 자책했다. 사고 이후 PC방 한쪽에는 평소 수현이의 덕을 많이 보고 그를 좋아했던 단골손님들이 자발적으로 수현을 추모하기 위한 공간을 마련했다. 거기에는 수현이가 좋아했던 아사히 캔맥주와 꽃, 말보로 담배 등이 놓였다.

장례식장으로 수현의 부모를 찾아온 PC방 사장은 모든 게 자기 탓이라며 통곡했는데, 그런 그에게 수현의 어머니는 그렇게 생각지 말라고 위로하면서 문득 공부만으로도 힘들 텐데 아르바이트까지 하는 게 힘들지 않은지 물었을 때 수현이가 했던 말을 떠올렸다.

"엄마, 나는 도대체 왜 이렇게 재수가 좋은 건지 모르겠어. 좋은 사람만 주변에 모여. 원래 이런 거야? 세상에 왜 이렇게 좋은 사람이 많은 거야? 사람들이 다 날 좋아해 주고 도와주려고 해. 군대에서도 그랬고 일본 와서도 좋은 사람들만 만나. PC방 사장님만 해도 엄청 좋아. 시험 날짜 잡히면 앞뒤로 며칠씩 공부하라고 안 나와도 된다고 하고 평소에도 사정을 많이 봐줘."

신나게 얘기하던 수현의 모습을 떠올리며 수현의 부모는 PC방 사장과 함께 한참을 울었다.

영구차가 도착했을 때, 신윤찬 여사의 괴로움은 극에 달해 견디기 어려운 상태가 되었다. 우선 발인이라는 말 자체가 가슴을 비수처럼 찔렀다. 이제는 정말로 떠난다는, 멀리 간다는 의미의 그 의식이 슬픈 감정을 더욱 북받치게 만들어서 말 그대로 목 놓아 울었다.

수현은 아카몽카이일본어학교에서 가까운 마치야 재장(齋場)

에서 화장되었다. 전통적으로 한국에서는 화장이 사람을 두 번 죽이는 풍습이라며 부정적인 인식이 많았지만 이제는 보편적인 문화가 되고 있었다. 수현의 부모도 장례에 대한 특별한 고집이나 편견은 없었다. 신윤찬 여사는 화장을 마치고 나무상자에 담긴 아들의 유골을 껴안았다. 아직 따뜻했다. 아들의 체온처럼 느껴지는 그 온기가 상자를 통해서 전해왔다. 유골이 뜨겁다는 것을 처음 알게 되었다. 시간이 지나 서서히 식어 완전히 차가워질 때까지 어머니는 유골을 꼭 껴안고 아들의 온기를 잊지 않으려는 듯 그대로 있었다. 완전히 차가워져서 수현의 영혼이 천상으로 떠나는 마지막 순간까지 함께 있고 싶었다. 가장 마지막 한순간까지도 아들의 온기를 느끼고 싶었다.

추도식을 마치고 수현의 부모와 일행은 오후 6시 40분, 사고 현장인 신오쿠보역으로 향했다. 역무원이 사고가 난 2번 승강장으로 천천히 안내했다. 불과 며칠 전 아들의 목숨을 앗아간 곳을 바라보는 부모의 마음은 참담했다. 수현의 아버지는 아들의 유골을, 수현의 어머니는 영정을 가슴에 안고 있었다. 이미 전국적으로 알려진 소식이었기 때문에 플랫폼에 있던 사람들이 일제히 수현 부모와 일행 쪽을 슬픔이 담긴 따스한 시선으로 바라보았다. 말은 없었지만 위로의 뜻이 담긴 눈빛들이었다. 어떤 이들은 합장을 하고 고개를 숙였다. 다가와 사고 현장 근처에 꽃다발을 두고 가는 사람도 있었다.

사고현장에는 현장검증 때 그어놓은 분필 자국이 남아있었다. 수현 어머니는 그 자리에 백합 꽃다발을 내려놓고 두 손을 모은 다

장례식 이후 수현의 사고현장인 신오쿠보역에서 오열하는 수현의 어머니

음 눈을 감았다. 차가운 겨울바람 사이로 한 줄기 햇살이 따스하게 볼에 와 닿더니 가슴 속 무언가를 툭 건드려 터트렸다. 순간 수현의 어머니가 큰소리로 아들의 이름을 외치기 시작했다. 몸속의 모든 물이 눈물이 되어 쏟아지듯 한참을 울다가 힘이 빠져 주저앉았고 주저 앉아서도 울었다.

한참 아들의 사고현장을 둘러보던 수현의 아버지가 한 역무원에게 물었다.

"그렇게 사람이 많은 시간에, 이렇게 위험한 상태의 홈에 역무원이 없었습니까? 있었다면 사고를 막을 수도 있었을 텐데요."

이 물음에 대해 일부 악의적인 언론은 수현의 유족이 JR 측을 상대로 손해배상소송을 청구할 것이라고 보도했다. 보도 이후 학교로도 여러 사람이 연락해 소송하면 무조건 이길 테니 도와주겠다는 말을 전했다. 하지만 수현의 부모는 어떻게 그런 사고방식이 가능한지 놀랄 뿐이었다. 자식의 죽음을 돈과 연결하다니 있을 수 없는 일이었다. 수현의 부모는 그런 소식을 전해주는 주변 사람들에게 다시는 그 비슷한 말도 꺼내지 말라며 단호하게 말했다. 수현의 부모는 오직 다시는 이런 비극이 일어나서는 안 되겠다고 생각할 뿐이었다.

실제로 막상 마주한 아들의 사고현장은 당황스러울 만큼 허술했다. 일본이 선진국이라는 말을 많이 들었는데 의외였다. 여기저기 페인트도 칠이 벗겨져 있고 제대로 된 안전장치도 없었으며 수현이 뛰어들었다는 선로 밑에는 대피 장소도 없었다. 수현의 아버지로서는 화가 머리끝까지 치밀었지만, 최대한 감정을 다스리고 물어본 것이었다. 사고 이후 여러 언론을 통해 비슷한 증언들도 계속 쏟아졌다. 신오쿠보역을 자주 이용하는 많은 사람들이 이구동성으로 이용할 때마다 불안한 역이었다고 말했다. 시민들은 승강장 폭이 다른 역에 비해 좁았고 전철이 역으로 진입할 때의 속도도 상대적으로 빠르게 느껴졌다고들 기억했으며 특히 비나 눈이 올 때 플랫폼이 젖으면 너무 미끄러워 바짝 긴장해서 걸어야 했다고 증언했다. 누군가는 자신도 조금 취해 비틀대다가 빠른 속도로 전철이 들어오는 바람에 휩쓸려 떨어질 뻔했다는 이야기를 들려주었다.

도쿄 신오쿠보역 수현의 사고현장. 플랫폼의 보호장치는 사고 이후 설치되었다.

1월 30일 아침, 수현의 부모님은 일본을 떠나기 전에 수현과 함께 구조에 나섰다가 목숨을 잃은 사진작가 세키네 시로의 어머니에게 전화를 걸어 위로했다. 세키네 시로의 유족이 어머니 혼자뿐이라고 들었기에 이성대 선생이 위로의 전화를 드리고 가는 게 좋겠다고 해서 이루어진 통화였다. 아라이 이사장에게 부탁해서 세키네 시로의 모친에게 전화를 걸었고 이성대 선생이 먼저 위로의 말을 건넸다.

"똑같이 아들을 잃고 슬픔에 잠겨있는데 매스컴에서는 수현이에게만 너무 주목하는 것 같아 죄송한 마음입니다. 아드님이 돌아가셔서 얼마나 슬프고 침통하실지 마음이 아픕니다. 아드님의 용기에 진심으로 경의를 표하고 삼가 명복을 빕니다."

이어 신윤찬 여사가 수화기를 건네받아 말했다.

"아드님의 죽음이 헛되지 않길 바랍니다. 그러려면 어머님께서 잘 드시고 잘 지내셔야 합니다. 그래야 가신 분의 마음도 편할 거예요."

신윤찬 여사의 말을 들은 세키네 시로의 어머니 지즈코 여사가 울먹이며 답했다.

"이렇게 전화 주셔서 정말 고맙습니다."

수현이가 떠날 때의 모습과는 다른 모습으로 부모님과 함께 부산 김해국제공항 입국장에 도착한 시각은 오후 4시 20분이었다. 한국으로 오는 비행기 안에서는 아무도 말을 하지 않았다. 중간에 기내 방송으로 지금 비행기가 후지산 상공을 비행 중이라는 안내 멘트가 나왔을 때, 수현의 부모님은 불과 5개월 전 산악자전거를 타고 후지산 정상을 등반했다며 기뻐하던 아들의 얼굴이 떠올라 가슴이 찢어지는 슬픔을 느꼈다.

김해공항에는 수현의 동생 수진을 비롯한 가족과 친척뿐 아니라 취재진을 포함한 많은 사람이 기다리고 있었다. 이윽고 수현의 영정을 품은 외삼촌 신명교 씨와, 수현의 유해함을 안은 아버지 이성대 선생과 함께 신윤찬 여사가 입국장에 모습을 드러냈다. 모두가 일제히 오열하기 시작했다. 수현의 어머니도 더이상 울지 않겠다고, 일본에서 너무 많이 울었다고 마음을 다잡았지만 다시 울음이 터져 나와 속수무책이었다. 여기저기서 플래시가 터졌고 수많은 마이크가 갑자기 일행을 향했다. 그 며칠 사이 한국 매스컴에서 얼마나 크게 수현의 죽음을 보도했는지 모르는 상황이어서 당황스러웠다. 한일 양국의 대다수 언론이 이미 사고 다음 날인 27일부터 일제히 수현의 의로운 죽음을 '살신성인'이라며 1면 톱으로 보도했고 주요 방송들도 자세하게 소식을 전한 터였다. 특히 일본 매스컴은 수현의 행동이 '개인주의 성향이 지나치게 강한 일본인들에게는 볼 수 없는 용기를, 지금의 일본인들로서는 상실해버린 진정한 용기를 보여준 것'이라고 극찬했다. 아사히신문은 '천성인어(天聲人語)' 라는 제목의 1면 칼럼을 통해 '한없이 높은 희생'이라며 의인들을 추모했고 마이니치신문도 수현을 추모하기 위해 조의금을 내고 싶다는 문의가 빗발치고 있어 따로 계좌를 만들었다는 안내를 내보냈다. 정리하기 어려울 만큼 쏟아진 수많은 보도의 요지는, "일본사람으로서 너무 부

끄럽다. 이 시대 일본 젊은이가 남을 돕기 위해 생명의 위험을 무릅
쓴다는 것은 상상하기 힘들다." 는 것이었다.

　　한편 김해공항에는 안상영 부산시장과 부산시 관계자, 수현의
모교인 고려대 임우영 부총장과 학생 40여 명 등 100여 명의 관계자
도 고개를 숙이고 수현을 기다리고 있었다. 수현의 가족들은 자동차
로도 5시간 이상 걸릴 거리를 마다 않고 달려와 준 학교 관계자들과
학우들에게 특별한 고마움을 표했다. 공항에 나와 있던 보건복지부
관계자는 수현을 의사자로 선정하겠다는 뜻을 전했고, 한 달 뒤 대
한민국 정부는 수현에게 '대한민국 국민훈장 석류장'을 추서했다. 수
현의 가족은 고려대 측에서 마련한 공항 임시분향소에서 노제를 지
낸 뒤 연산동 집으로 돌아왔다. 부산시와 경찰청은 수현의 가족들이
한 번도 멈추지 않고 집으로 편안하게 돌아갈 수 있도록 모든 교통
을 통제해주었다. 수현의 가족들은 경의를 표해준 공무원들을 비롯
한 모든 사람에게 깊은 감사의 마음을 전했다.

대한민국 국민훈장 석류장 (제16720호)

49재를 지내기 위해 정수사에 안치된 수현의 유해

가족들은 수현을 49재가 되는 날까지 신윤찬 여사가 다니던 절 정수사에 모시기로 했다. 이후 49일 동안 수현의 가족뿐 아니라 성훈, 한수 등 수현의 오랜 친구들이 꾸준히 정수사를 찾았다. 한창 진로를 모색하느라 서로 소원했던 수현의 어릴 적 친구들이 오랜만에 한자리에 모이는 계기도 되었다. 친구들은 49일 동안 자주 보게 되면서 수현을 추억하는 한편 서로의 안부도 알게 되었다. 수현이가 떠나면서 친구들을 한자리로 불러 모은 셈이었다. 세상을 떠나면서 서로 자주 못 만나던 소중한 사람들을 한데 모으고 오랜만에 서로의 얼굴을 보고 안부도 묻게 하면서 자연스럽게 새로운 만남의 계기를 만들어주는 것은 세계 어디서나 떠나는 사람이 남아있는 사람들에게 남기고 가는 마지막 선물일 것이다. 수현의 친구들은 거의 매일 찾아와 가족들을 위로했다. 덕분에 수현의 가족들도 49일이 지날 즈음에는 초반보다 많이 안정될 수 있었다.

친구들은 이후에도 매년 수현이의 기일이 되면 꾸준히 집으로 찾아와 함께 했다. 5~6년이 지나면서는 못 오는 친구들이 하나둘 늘었지만 삼십 대 초반에 접어들면서 사는 곳도 달라지고 결혼하여 가정을 꾸리기도 하는 등 각자 인생의 가장 바쁜 시기를 맞이하게 된 점을 생각하면 서운해할 일은 아니었다. 수현과 가장 친한 단짝이었던 친구 정성훈은 한 번도 빠지지 않고 여전히 매년 수현의 기일에 참석하고 있는데 그는 당시를 이렇게 회상했다.

"공항에 기자들이 많았어요. 그래서 수현이 근처에도 못 갈 정도였습니다. 어머니 손 잡고 그냥 많이 울었어요. 그때 그런 생각을 했어요. 유학 간 내 친구가 영웅이 되어서 돌아왔구나. 다 좋은데 내 친구 수현이는 언제쯤 오는 건가…… 이미 오지 못할 걸 알고는 있었지만 조금만 기다리면 그래도 나타날 것 같은 생각이 많이 들었어요. 영웅 이수현이 돌아온 것은 좋은데 내 친구 수현이는 언제쯤 오나. 함께 기뻐하면서 안아주고 싶은데 영웅이 아닌 내 친구 수현이는 도대체 언제…… 당연한 말이지만 내 친구 수현이는 나타나지 않았죠. 어리둥절할 정도로 그때는 현실감이 없어지더라고요. 내가 웃고 있는지 울고 있는지 기뻐하고 있는 건지 슬퍼하고 있는 건지도 모를 만큼 현실 감각이 완전히 무너져있었어요. 영웅이 된 친구 수현이를 위해서는 자랑스러워해야 하는데 아무리 기다려도 내 친구 수현이는 나타나지 않으니 괜히 나 자신에게 화도 나고요. 그리고 49재를 지낼 때까지 정수사를 찾으면서 참 서글펐습니다. 49재를 지내고 집으로 돌아왔을 때는 수현이가 미울 정도였어요. 수현이가 남기고 간 숙제가 너무 무겁고 싫었어요. 바보 같은 놈이 그때 조금만 머뭇거렸다면, 조금만 참았더라면 어땠을까…… 자주 생각하죠. 20년이 지난 지금쯤이면 그사이 각자 결혼도 하고 아이도 낳고 중년이 되면서 또 다른 추억들도 함께 많이 만들어왔을 것 같아요. 같이 캠핑도 다니고 우리 둘 다 참 좋아했던 수영도 하고 스쿠버다이빙과 산악자전거 같은 것도 즐기면서 얼마나 많이 서로에게 의지할 수 있었을까 생각하면 아쉽고 서운하죠. 마흔이 넘고 중년이 되면서 세상 살아가는 게 점점 더 외로워지는데 수현이가 옆에 있었더라면 참 좋았을 것 같아요. 어릴 적 미숙했던 시절과는 다른 모습으로 또 얼마나 깊고 진하게 서로에게 동반자가 될 수 있었을까. 그런 생각은 20년이 지난 지금도 거의 매일, 생생하게 합니다."

가족들은 49재를 지내면서 수현은 물론 함께 사망한 세키네 시로와 사카모토 세이코우의 명복도 함께 빌었다. 수현의 유해는 이후 4월 9일, 부산시에서 마련해준 부산시립공원으로 옮겨 안치되었다. 모교인 고려대학교에서는 수현에게 명예졸업장을 수여했다. 최초의 사례였다. 한편 매년 학생회 주도의 추모 행사도 지내기로 했다. 신오쿠보역에는 수현의 기념비가 생겼고 도쿄 아카몽카이일본어학교 본관 앞에도 수현을 추모하는 작은 공원과 추모비가 조성됐다.

그해 10월 15일에는 고이즈미 당시 일본 총리가 방한해 서울 성북동 일본 대사관저에서 수현의 가족과 친구들을 접견했다. 이어

11월에는 일본 천황 부부가 수현의 부모님을 황거(皇居)로 초청해 위로하기도 했다. 언론인 없이 진행한 행사였기에 자세한 내용이 알려지지는 않았지만 그 자리에 함께했던 아라이 이사장의 말에 따르면, 미치코 황후가 특히 수현의 어머니를 많이 위로했다고 했다.

"훌륭한 아드님을 두셨습니다. 아들이 한 명이었나요?"

미치코 황후가 묻자 수현의 어머니가 답했다.

"네, 외아들이었습니다."

그 말을 듣고 미치코 왕비는 수현의 어머니를 꼭 껴안으며 말했다.

"많이 쓸쓸하실 것 같아요."

이후 일본 관료들에게 한국에 올 때마다 수현의 가족을 찾는 일은 당연히 해야 할 일처럼 공식화되었고 이런 전통은 20년째 변함없이 이어지고 있다.

새해가 시작되고 얼마 지나지 않았지만 수현의 가족들에게는 너무나 많은 것이 한꺼번에 변해있었다. 커다란 무언가가 썰물처럼 가슴을 할퀴고 빠져나간 지 한 달이 채 지나지 않은 2월 16일, 아카몽카이일본어학교의 아라이 이사장이 수현의 부모를 찾아 부산에 와서 한 통의 편지를 건넸다. 신오쿠보역에서 수현이 구하려던 바로 그 37세의 남성 사카모토 세이코우의 아버지가 쓴 편지였다. 사카모토는 막일로 생계를 이어가며 홀로 아버지를 모시고 살던 사람이었다. 이와테현에 사는 70세가 넘은 고령의 아버지는 병상에 누워 있은 지 오래였다. 그는 몸을 움직일 수 없는 상태였지만 직접 손을 움직여 꼭 몇 글자만이라도 적어 자신의 뜻을 전하고 싶어 했다.

"제 못난 아들 때문에 전도유망한 아드님이 돌아가신 것에 대해, 그 깊은 슬픔과 억울함을 살피면서, 아버지로서 정말 죄송하고 진심으로 사과하고 싶습니다."

이런 내용의 편지와 함께 한국 돈으로 백만 원 정도가 든 봉투를 받아들고 수현의 부모는 마음이 착잡했다. 신윤찬 여사는 편지를 전해준 아라이 이사장에게 말했다.

"넉넉지 않은 사정일 게 뻔한데 이렇게 돈까지 동봉하셨네요. 이 돈은 이사장님이 다시 돌려주셨으면 좋겠어요. 저는 원한이 없습니다. 그 아버지도 귀한 아들을 잃은 거예요. 이제부터는 몸을 잘 돌보시라고 전해주세요."

아라이 이사장은 수현 어머니의 말투가 단호해서 단순히 예의상으로만 하는 말이 아니라 진심이라는 것을 느꼈다. 수현의 아버지 이성대 선생도 말했다.

"서로 위로해야 할 일이죠. 일부러 그런 것이 아니잖아요. 그분께서 사과하고 죄송해야 할 일이 아닙니다. 아들을 잃은 부모의 마음이 어떤지 누구보다 잘 아는 입장에서 오히려 저 역시 위로의 말을 전하고 싶습니다."

아라이 이사장은 당시를 이렇게 회상했다.

"그때, 아들을 잃은 슬픔이 채 가시지도 않은 상황에서 연일 취재 공세와 이런저런 일들로 예민해져 있었을 텐데도 상대에 대한 배려와 친절함을 잃지 않고 단단한 모습을 유지하는 두 분을 보며 크게 감동했습니다. 아들을 잃었다는 자신들의 슬픔보다 상대를 더 염려하고 헤아리는 분들이었어요. 그 성의와 상냥함에 놀라면서 과연 이런 가족이니까 그런 의인이 나온 것이구나, 생각했죠."

아라이 이사장은 이후로 지금까지 20년의 세월 동안 변함없이 수현 부모님의 둘도 없는 동료가 되어 수현의 뜻을 기리기 위해 함께 고군분투해오고 있다. 매년 빠짐없이 수현의 추모제를 지내고 수현의 부모님이 도쿄에 오면 그림자처럼 붙어서 에스코트한다. 특히 수현이 세상을 떠난 해 9월 20일에는 수현의 부모와 함께 장학회를 준비하기도 했는데 이성대 선생과 신윤찬 여사, 그리고 아라이 이사장까지 세 사람이 설립위원장을 맡아 수현의 1주기가 되는 2002년 1월 26일에 설립총회를 열기로 계획하여 마침내 수현의 뜻을 기리는 LSH아시아장학회를 설립했다. 20년이 지난 지금까지 약 1천 명의 학생이 이 장학회의 혜택을 받았다. 이수현장학회는 수현이처럼 일본의 민간 교육기관에서 공부하는 학생들에게 장학금을 지급하고 있는데 일본에서는 대학이나 각종 학교에 재적하는 학생을 유학생으로, 민간 교육기관에서 공부하는 학생은 취학생으로 구별하여 취학생은 정부의 어떤 지원도 받지 못하고 있던 차였다. 하다못해 취학생의 경우 전철 정기권에도 학생할인이 적용되지 않았다.

당시 장학회 설립을 준비하면서 수현의 부모는 말했다.

"아들 수현이가 세상을 떠난 지 9개월이 넘었습니다. 당시에는 그저 슬프고 분해서 아무 생각도 할 수 없었습니다. 돌아보면 정말 많은 분이 슬픔과 절망의 늪에 빠진 저희를 따뜻하게 격려하고 위로해주었습니다. 그래서 저희도 조금씩 냉정하게 우리 아들 수현이가 한 일과 뜻한 바를 생각해보게 되었습니다. 수현이는 학교에서 일본어를 배우는 것뿐만 아니라 어릴 때부터 관심의 대상이었던 일본의 문화와 사회, 그리고 일본인들을 직접 눈과 마음으로 보고 싶어 유학을 떠났습니다. 유학 이후 아들은 일본 생활을 통해 얻은 새로운 발견과 놀라움을 자랑하곤 했습니다. 즐거운 일이든 힘든 일이든 일본에서 있었던 일을 이야기하는 모습을 보며 아들이 성장해가는 것을 느꼈고 부모로서 자랑스럽고 든든하고 또 믿음직스러웠습니다. 그런 아들의 뜻을 의미 있게 이어갈 방법이 무엇일지 고민 해봤습니다. 많은 학생에게 도움을 줄 수 있다면 좋겠습니다."

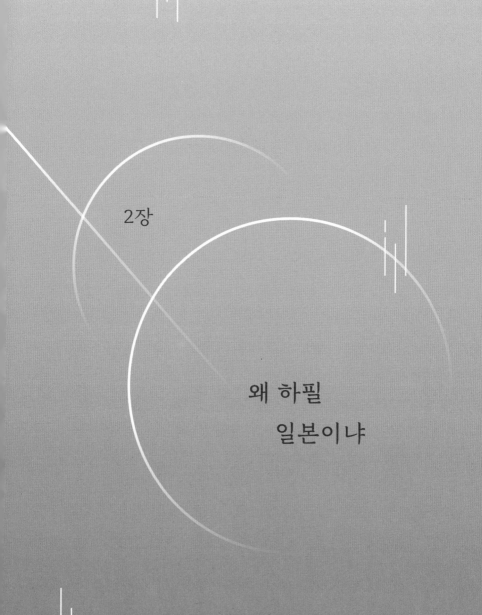

2장

왜 하필
일본이냐

사고가 나기 보름쯤 전, 수현은 부산 본가에서 가족들과 오붓한 시간을 보냈다. 2000년 12월 26일부터 2001년 1월 9일까지 약 2주일 동안 보고 싶었던 가족과 함께 연말과 새해를 보내고 오랜만에 만나는 친구들과도 즐거운 시간을 보낸 뒤 다시 일본으로 돌아가면 본격적으로 자신의 꿈을 펼치기 위한 여러 준비를 시작할 계획이었다. 바야흐로 21세기가 막 시작되고 있던 참이었고 세상은 새로운 출발의 에너지로 가득했으며 많은 이들이 들떠있었다. 이즈음 새로운 꿈을 품게 된 수현도 그중 한 명이었다.

부산에 도착하던 날에 수현의 부모는 일찌감치 차를 몰고 공항에 마중 나가 있었다. 수현은 공항버스로 가면 되니 데리러 나오지 말라고 했지만, 수현의 부모는 한시라도 빨리 사랑하는 아들을 만나고 싶었다. 집에 와서 수현은 무엇보다 어머니가 해주시는 따뜻한 밥과 맛있는 한국 음식들을 잔뜩 먹었고, 친구들을 만나서는 일본에서 보고 느낀 것들과 앞으로의 꿈을 얘기하며 기분 좋게 흥분했다. 동생 수진이도 막 취직해서 새로운 생활을 시작한 참이었고 더 바랄 바 없이 행복한 가족의 일상이었다.

새해가 되자 매년 그랬던 것처럼 가족들은 함께 해돋이를 보러 갔다. 2001년의 해돋이는 해운대에서 보기로 결정했다. 수현은 떠오르는 새해 첫 태양을 바라보며 자신의 새로운 목표를 한 번 더 떠올리고 각오를 다졌다. 어느덧 일본 유학을 떠난 지 1년이 지난 시점이었다. 이제는 좀 더 구체적인 진로를 모색할 때라고 판단한 수현은 스포츠마케팅 분야를 통해 한일 양국 관계에 기여해 보겠다는 목표를 세운 참이었다. 평소 스포츠를 워낙 좋아했고 자신의 전공인 마케팅 능력을 살릴 수도 있는 데다 한국과 일본의 스포츠 시장은 비슷한 점도 많고 이 분야의 장래가 밝다고 예측했기 때문이었다.

하지만 그러려면 우선 부모님을 설득해야 했다. 당초 1년 계획으로 유학을 떠났지만 어학을 더 공부해야 하고 제대로 스포츠마케팅에 대해 공부도 하려면 대학원 진학도 필요했다. 무엇이든 우선 혼자서 묵묵히 준비하다가 어느 정도 가능성이 생기고 자기 안에 확신이 생길 때라야 비로소 구체적인 계획을 얘기하던 수현이었다. 그래서 자세한 이야기나 장기적인 계획까지 얘기할 필요는 없었지만 우선 원래 계획보다 훨씬 더 오랜 시간 일본에 남아 공부하겠다는 생각만이라도 집에 와서 얼굴을 직접 보고 허락받고 싶었다.

한편으로는 대학교 졸업을 위해 남은 한 학기의 학점을 받기 위한 계획도 세웠다. 설 연휴 기간에 고려대학교 당국 및 교수님들과 여러 차례 통화하며 과제와 시험들을 일본에서 이메일로 제출하는 방식으로 졸업할 수 있을지 문의하며 차곡차곡 자신의 꿈을 실현하기 위해 준비했다. 이런 계획들이 그대로 실현만 되면 본격적인 스포츠마케팅 공부를 위한 준비는 다 된 셈이었다. 쓰쿠바대학을 비

1년 동안의 일본 유학 시절, 수현은 시간이 날 때마다 일본 이곳저곳을 돌아다녔고 이듬해에는 일본 전국을 자전거로 일주할 계획도 세우고 있었다.

롯해 스포츠마케팅을 공부할 수 있는 일본 내 대학원에 대한 정보도 막 수집하기 시작한 참이었다.

수현이가 처음 일본으로 떠난 것은 1999년 11월이었다. 그해 7월에 휴학을 결정했고 8월 27일에 아카몽카이일본어학교에 입학하기 위한 원서를 제출했다. 그리고 이후 3개월 동안 일본어 공부와 함께 아르바이트를 병행했다. 자신과 동생 수진까지 두 사람의 대학 학비를 대느라 집안 형편이 빠듯했고 그런 사정을 잘 알기에 부모님께 부담을 주지 않으려고 일본어 공부와 더불어 자판기 설치 아르바이트를 시작한 것이었다. 무척 고된 노동이었지만 그만큼 보수가 세기도 해서 단기간에 많은 돈을 벌기 좋았다. 2인 1조로 트럭에서 자판기를 내리고 옮겨서 설치하는 일이었는데 계단을 오르거나 곤란한 장소도 많았지만 별로 힘든 내색을 하지 않았다.

그러다 11월이 되자 미리 입학 준비를 하기 위해 도쿄로 향했고 이듬해 1월에 아카몽카이일본어학교에 정식으로 입학해 초급 과정에 등록했다. 그때 수현의 가족은 새삼스레 수현의 빈자리를 크게 느꼈다. 대학교에 진학하며 부산을 떠났을 때도, 충청도 증평에서 군대 생활을 할 때도 그처럼 큰 허전함을 느끼지는 않았는데 이번에는 달랐다. 아무래도 나라가 달라서 그런가 생각했지만 그런 이유로는 충분히 설명되지 않을 만큼 가슴에 큰 구멍이 뚫린 것처럼 외로웠다. 특히 수현의 어머니로서는 아들이 손닿지 않는 먼 곳, 자신은 한 번도 가보지 못한 어떤 미지의 나라로 갔다는 실감이 무겁게 다가왔다. 이전보다 훨씬 자주 도쿄의 수현이 방으로 전화를 걸었고 하루라도 빨리 원하는 바를 이루고 돌아와 가까운 곳에서 얼굴을 보며 살면 좋겠다는 바람을 가지고 있었는데 1년 동안 일본 생활을 하고 돌아와서 한다는 말이, 거기 아예 눌러앉겠다는 식의 계획이었으니 수현의 어머니뿐 아니라 가족 모두의 마음이 복잡해졌다.

맨 처음 일본에 가겠다고 할 때 수현은 말했다.

"학교 전공 수업 중에 '지역연구'라는 과목이 있어서 별생각 없이 신청해서 들었어요. 그런데 그 과목을 듣는 동안 일본에 대해 연구하고 발표와 세미나를 진행하면서 지금까지와는 달리 일본의 경제가 왜 그렇게 강한지, 또 문화와 사회의 독특한 측면 등에 강한 흥미를 느끼게 됐어요. 특히 우리나라와의 교역 관계가 흥미로웠어요. 그전에는 사실 선입견도 좀 있었던 게 사실이에요. 하지만 오히려 그런 과거를 극복하고 앞으로 나아가기 위해 일본과 관계된 일을 하면서 제 나름대로 한일 양국의 우호적인 관계를 만들어나갈 수 있도록 힘이 되고 싶어요. 그러려면 일본을 알아야 하고 일본어도 배워야 할 텐데 우선 직접 가서 한번 봐두고 싶어요. 제가 평생을 바쳐 인연을 맺을만한 나라인지를요. 그리고 기왕 일본어를 배우기로 한다면 한국에서보다는 일본 현지에 직접 가서 배우고 싶기도 해요. 이미 학교에서 제2외국어로 일본어를 신청해 1년 반 동안 배웠는데 더 자세히 알고 더 직접 체험하면서 공부하고 싶어졌어요."

그때만 해도 일본을 경험하고 일본어를 배우는 정도이지 지금처럼 아예 일본에서 더 오래 공부하며 일본 전문가로서 진로를 잡게 될 것이라고는, 수현의 부모로서는 전혀 예상하지 못했다. 그래서 아들의 제안이 당황스럽기도 했지만, 이제는 성인이 된 아들의 뜻을 특별한 이유 없이 함부로 꺾을 수도 없는 노릇이니 난감했다.

이성대 선생은 자식들의 진로에 대해 강요하는 타입의 아버지는 아니었다. 아버지로서 해야 할 꼭 필요한 조언은 아끼지 않았지만 먼저 진로를 결정해 제시하거나 권위적인 방식으로 소통하는 스타일과는 거리가 멀었다. 오히려 친구처럼 수평적인 방식으로 늘 아들과 소통해온 아버지였다. 하지만 이성대 선생에게는 대학을 졸업하지 못한 것에 대한 콤플렉스가 있었다. 또 그렇게 부족한 학력 때문에 사회생활을 하며 고생했던 기억이 있어서 다른 건 몰라도 자식들이 학업만은 확실하게 마치고 사회에 나가기를 바랐다. 세무공무원으로 오래 일했고 이후 옛 동료가 경영하는 회계사무소의 전무로일하며 겉으로는 평온한 삶을 보낸 편이었지만 안으로는 그런 상처가 있었던 아버지였기에 수현이가 좀 더 제대로 학력과 자격증 같은 것을 갖추고 사회생활을 시작하기를 바랐다. 잔소리를 자주 하는 아버지는 아니었지만, 대학 진학과 졸업에 대해서는 자주 강조했던 것을 가족들은 기억하고 있었다.

"수현아. 장사도 좋고 자기 일을 하는 것도 좋지만, 그보다는 좋은 대학에 들어가 졸업하고 큰 회사에 당당하게 들어가 생활하면 좋겠다. 그게 네가 좋아하는 운동이나 음악 같은 취미도 즐기면서 삶의 질을 높일 가능성이 크다는 점은 유념해주길 바란다."

그래서 수현도 진학이나 진로 등 중요한 선택을 해야 할 때는 늘 아버지와 의논해서 결정하곤 했다. 물론 워낙 주도면밀하게 자기 계획을 짜두고 미리 자기가 원하는 쪽으로 결론을 지어놓는 경우가 많았지만 그래도 많은 부분을 아버지와 의논한다는 형식을 통해 결정했다. 시나리오를 짜고 아버지를 설득하는 편이었다.

사실 수현의 가족에게 일본이 마냥 낯선 나라이기만 한 것도 아니었다. 우선 살고있는 도시 부산이 일본과 지리적으로 가까웠고 수현의 아버지가 어릴 때 일본 오사카에서 살았던 인연도 있었다. 그래서 수현이가 일본 유학 얘기를 꺼냈을 때도 크게 놀라지 않았던 터였다. 오히려 외국어를 무기 삼아 세계를 상대로 살아가는 아들의 모습을 상상하기도 했다.

그래도 아들의 계획을 들은 이성대 선생의 마음은 복잡했다.

왜 하필 일본일까. 오히려 영어를 더 잘하는 아들 아니었던가. 어쩌다 이렇게 3대가 모두 일본과 연관이 되었나. 어떤 필연이 있는 걸까. 그런 질문들이 머릿속에서 맴돌았다. 오랜 시간이 지나 그때를 돌이켜보면, 학생이고 아직 어렸던 아들이 무슨 생각으로 두 나라의 '가교(架橋)'가 되겠다는 이야기를 했는지 궁금해진다.

이성대 선생은 어릴 때 살았던 오사카를 떠올렸다. 너무 어릴 때의 일이라 잘 기억은 나지 않았다. 그래도 어렴풋이 어떤 분위기는 느낌으로 남아있었다. 수현의 할아버지는 징용으로 일본 탄광에 끌려가 갖은 고생을 하던 와중에 수현의 아버지 이성대 선생을 낳았다. 그리고 1944년에 어린 아들과 가족을 데리고 겨우 부산으로 돌아왔는데 1939년생인 이성대 선생의 나이 6살 때의 일이다. 당시 조선인들은 대부분 개도 잡고 닭도 잡던 강가 변두리에서 살았다. 나중에 이성대 선생은 이곳을 재일교포 2세인 도코야마 씨와 찾아가 본 적이 있었다. 이성대 선생 가문의 3대에 걸친 일본과의 기이한 인연은 조선일보 권대열 기자에 의해 '이수현 일가의 일본 기연(奇緣)' 이라는 제목으로 수현의 사고 직후인 2001년 1월 28일에 보도되기도 했다. 수현의 할아버지는 외아들이었는데, 하나뿐인 아들이 일본으로 강제로 끌려갔다는 소식을 듣고 수현의 증조할아버지도 일본으로 건너갔다가 거기서 눈을 감았다고 하니 어쩌면 수현 집안과 일본의 인연은 4대에 걸쳐 이어지고 있는 것이라 보는 게 더 옳을 수 있겠다.

일본에서 태어난 이성대 선생의 어린 시절. 아버지의 품에 안겨있는 아이가 이성대 선생이다. 배경은 일본 동대사(東大寺)공원

한참 자신의 가문과 일본과의 인연을 생각하던 이성대 선생은 우선 더 시간을 가지고 생각해보자는 정도에서 대화를 마무리했다. 그래서 수현은 6개월만 비자를 연장했다. 당시에는 일본에 오가는 일이 쉽지 않아 일일이 비자를 받아야만 했다. 그나마 6개월을 더 얻은 것만 해도 성과라고 생각하며 수현은 그 시간 동안 일본 전국을 자전거로 돌아보겠다는 꿈도 키웠다. 공부도 열심히 하겠지만 곧 다가올 2002 한일월드컵에서도 나름의 방식으로 기여하고 싶었다. 앞으로 할 일이 정말 많다며 들떠있던 수현의 모습을 가족과 친구들은 바로 어제 일처럼 기억한다. 그리고 신윤찬 여사는 그런 아들이 떠난 뒤에 남편이 혼잣말처럼 내뱉은 한 마디도 또렷이 기억하고 있었다. 이성대 선생은 묘한 운명의 힘을 느낀 것처럼 이상하다는 듯 말했다.

"왜 하필 일본이냐..."

3장

바다 사나이

수현은 1974년 7월 13일, 울산 중구 우정동에서 1남 1녀의 장남으로 태어났다. 경주 이씨 44세손. 같은 족보의 효령대군 21세손이었다. 태어날 때부터 4kg의 우량아로 토실토실하고 건강한 아이였다. 한여름이었던 그날은 날씨도 수현의 성격처럼 밝고 맑았다. 이성대 선생으로서는 서른여섯 늦은 나이에 처음으로 얻은 귀한 아들이었다.

수현의 부모는 첫아이의 이름을 잘 짓고 싶었다. 어머니는 아들이니까 '복(福)', '혁(赫)' 같은 기운이 센 글자를 쓰고 싶었는데 아버지의 의견은 달랐다. 아들이 호랑이띠인데 이름까지 강하면 과잉이지 않겠냐며 좀 순한 느낌의 이름으로 짓고 싶어 했다. 두 사람이 옥신각신하다가 결국에는 첫아이의 이름이니 아버지의 뜻을 따르겠다고 어머니가 한발 양보했다. 그렇게 '수현(秀賢)'이라는 이름이 지어졌다.

사실 '현(賢)'이라는 글자는 여자아이 이름에 더 많이 쓰이던 글자여서 수현의 어머니는 처음에는 이 이름이 마음에 들지 않았다. 하지만 태어나면서부터 씩씩했던 수현이가 자라면서 더욱 강해지고 운동도 좋아하며 남자답게 커가는 걸 보면서 남편의 말처럼 이름까지 그랬다면 좀 과잉이긴 했겠다는 생각이 들었다. 그래서 나중에는 이 이름을 아주 좋아하게 되었다.

수현의 백일 기념 사진

수현의 어머니는 수현이를 낳을 때 맑은 물에서 수영하는 태몽을 꾸었다.

"당시에는 태몽이라고 생각하지 않았는데 돌아보니 맞는 것 같아요. 보기 좋게 노랗고 반듯반듯하게 익은 벼들 사이에 맑은 물이 있어서 수영을 했어요. 실제로는 수영을 못하는데 꿈속에서는 잘했죠. 그 맑은 물속에 조개도 있고 물고기도 있었던 기억이 나요. 그렇게 한참 놀다가 나중에는 색동옷을 입고 비행기 같은 걸 운전하기도 했던 것 같아요. 그런 신나는 꿈을 꾸고 수현이를 가지게 됐죠. 임신한 뒤에는 입덧이 아주 심했어요. 열 달 내내 입덧 때문에 너무 고생했죠. 사나흘씩 물도 제대로 못 먹으며 입덧했는데 낳아보니 아기가 4kg이나 되는 거예요. 우량아인데 살은 많이 없고 뼈대가 아주 굵은 편이었죠. 마디가 길쭉길쭉했고요. 그래서 나중에 키가 엄청 클 줄 알았죠."

아들 수현이가 태어나자, 아버지 이성대 선생의 기쁨은 말로 표현할 수 없을 정도였다. 대가족을 책임진 장남으로서 오래 생활한 탓인지 평소에는 거의 감정을 표현하지 않던 선생이었는데 이날만큼은 노골적으로 기쁨을 표현하고 어찌할 바를 모를 만큼 격렬하게 좋아했다. 가만히 놔두면 어디론가 날아갈 것 같아서 말려야 할 정도였다. 부산에 사는 큰누나에게 전화를 걸어 "누나, 내 아들이 태어났어!" 하고 소리를 질렀는데 알고 보니 불과 몇 분 전에 똑같은 전화를 한 상태여서 전화를 받은 큰누나가 "성대야, 방금 전화해서 지금이랑 똑같이 소리 질렀잖아." 하며 웃었던 일도 있었다.

그렇게 부모님의 기쁨 속에 태어난 수현은 건강하게 무럭무럭 자랐지만 어머니는 산후 후유증으로 식사도 제대로 못하는 등 고생이 많았다. 백일, 즉 생후 3개월이 지날 무렵에는 모유가 부족할 정도였는데 수현이는 배가 고프다고 크게 울면서도 분유는 입에 대려하지 않으니 곤란한 노릇이었다. 계속 울게 할 수는 없어 어쩔 수 없이 젖을 물리면 젖꼭지가 떨어져 나갈 만큼 세게 빨아댔는데 젖이 모자라니 또 울었다. 배가 고파 울면서도 또 분유는 결코 안 먹으려고 하니 어머니로서는 마음이 아팠고 그래서 이유식도 남들보다 빨리 시작했다.

수현의 두 돌이 갓 지난 1976년, 수현의 아버지는 세무공무원을 그만두고 부산에 있는 회계사무소로 일터를 옮겼다. 수현의 고모부가 당시 대한토지공사 측량 기사였는데 자기 회사에서 짓는 좋은 아파트가 있다고 소개해줘서 부산 동래구 수안동 온천천에 있던 대토아파트로 이사도 했다. 대토아파트라는 말이, 대한토지공사의 준

말이었다. 하지만 이 집은 수현 가족만의 보금자리는 아니었다. 아직 결혼하지 않았던 수현의 작은아버지들, 즉 이성대 선생의 남동생 세 명과 수현의 할머니까지 대식구가 24평 아파트에서 방 3개를 나눠 쓰며 함께 살았다. 거기에 수현과 동생 수진까지 갓난아기가 둘이었으니 만만한 일상이 아니었다. 불편하고 답답한 것도 사실이었지만 한편으로 이런 대가족 생활은 수현에게 좋은 영향도 많이 주었다. 핵가족 시대가 되면서 사람들의 이기적인 경향이 강해졌다는 분석도 있지만 수현의 경우에는 어릴 때부터 맛있는 게 생기면 할머니 것, 삼촌들 것, 동생 것 등을 일일이 따로 챙겨두는 걸 당연하게 여겼다. 삼촌들도 첫 조카이니 사랑을 듬뿍 주면서 수현이를 정말 아끼고 귀여워했다.

수현은 어린 시절 한 집에서 대가족 생활을 하며 사랑을 듬뿍 받고 자랐다.

한 번은 함께 살던 성화 삼촌이 독립한 뒤 수현이가 보고 싶어서 집에 왔다가 수현이를 데리고 간 적이 있었다. 평소에도 성화 삼촌은 아이들을 아주 좋아했고 뜻을 다 받아주는 편이었는데 하루만 수현이를 데리고 가서 자고 오면 안 되겠냐며 부탁하고 수현이도 순순히 따라가겠다고 하기에 수현의 어머니가 말했다.

"수현아, 그럼 저녁에 갑자기 오고 싶다고 울면 안 돼. 약속할 수 있어?"

수현이가 자신 있게 그러겠다고 답하기에 보냈는데 아니나 다를까 한밤중에 전화가 왔다. 수현이가 엉엉 울면서 엄마 보고 싶다고 난리라는 것이었다. 결국 성화 삼촌이 새벽에 수현이를 다시 데리고 왔다. 당시에는 통행금지가 있던 시절이라 수현이를 데리고 온 성화 삼촌은 집으로 돌아가지도 못하고 하룻밤을 자고 가야 했다.

그렇게 수현은 어릴 때부터 많은 가족 사이에서 듬뿍 사랑받으며 성장했다. 많은 사랑을 받으며 자란 아이들이 상대적으로 모난 데 없이 밝은 것처럼 실제로 수현이도 뒤로 생각을 감출 줄 모르는 티 없이 투명하고 건강한 아이였다.

모든 부모가 자식을 키우다 보면 가슴이 철렁 내려앉는 경험을 몇 번쯤은 하게 마련인데 수현의 부모도 다르지 않았다. 어릴 때부터 활동적이었던 수현 때문에 놀란 가슴을 쓸어내린 게 한두 번이 아니었다.

위) 1975년 6월, 걸음마를 갓 시작한 수현의 모습

아래) 수현은 걸음마를 뗄 무렵부터 활동적으로 몸을 놀렸다.

수현이가 돌도 되기 전, 울산의 한 주택에서 살 때였다. 수현의 어머니가 마당에서 빨래를 하다가 이상하게 너무 조용하다 싶어서 주위를 둘러보니 한쪽에 낮잠을 재워뒀던 수현이가 보이지 않았다. 그사이에 누가 들어와서 아기를 유괴해 간 것은 아닐까, 온갖 불길한 상상에 진땀이 흘렀다. 수현아, 수현아, 고함을 지르며 집안 여기저기를 뛰어다니는데 옥상에서 무슨 소리가 들렸다. 당시 수현의 어머니는 아기도 돌봐야 하지만 집안일도 내버려 둘 수가 없으니 주로 옥상에서 빨래를 말릴 때 수현이를 한쪽에 두고 재우거나 혼자 놀게 하는 일이 잦았다. 설마 기어서 저기까지 갈 리는 없는데, 생각했지만 혹시 모를 일이라 헐레벌떡 가보니 아니나 다를까 수현이가 거기 있었다. 어떻게 거기까지 간 건지 이해가 되지 않았다. 무릎 보호대가 있어서 저 시멘트 바닥을 기어 올라갈 수 있었던 걸까. 아마도 낮잠에서 깨 주위를 둘러보다 엄마가 없으니 늘 엄마와 함께 시간을 보내던 옥상까지 엉금엉금 기어간 모양이었다. 빨랫줄 옆에 우두커니 앉아있던 수현이는 엄마를 보자마자 울음을 터트렸다. 이제 막 초보 엄마가 된 수현의 어머니로서도 하루하루가 롤러코스터를 타는 것처럼 조마조마했다.

어느 한여름 저녁에는, 급기야 수현이를 씻기려고 고무대야에 물을 받던 사이 수현이가 세발자전거를 타다 현관 입구에 아주 세게 부딪혀 거꾸로 넘어가는 바람에 이마를 심하게 다치기도 했다. 일부러 세게 받아보겠다며 몇 번을 그러면서 놀다가 다친 것이었는데 그날 저녁 평소 웬만한 일로는 화내는 일이 없던 수현의 아버지도 도대체 어떻게 애를 본 거냐며 노발대발했다. 정작 가장 많이 놀란 건 수현의 어머니였는데 억울한 면도 있었지만 어쩔 수 없었다. 그때의 흉터는 수현이가 커서도 이마에 남아있었다.

수현의 어머니는 수현이가 5살 무렵에도 크게 다쳐 놀랐던 것을 기억한다. 당시 살던 대토아파트는 연탄보일러였는데 얇은 옷을 입고 지내던 어느 여름, 수현 어머니가 찌개를 들고 돌아서다 부딪혀 수현의 어깨 쪽에 뜨거운 국물을 쏟고 말았다. 수현이는 한시도 쉬지 않고 움직였는데 특히 엄마가 어딜 가면 곧잘 쫓아오곤 했다. 당시에도 부엌에서 음식 하느라 경황이 없는 사이 어느새 엄마 바로 뒤까지 바짝 다가서 있었던 것이었다. 성인이 된 수현의 어깨에 남아있던 화상이 그때 입은 것이었다.

수현이 무럭무럭 커가자, 수현의 어머니는 수현이를 더욱 잘 키우고 싶다는 생각에 틈날 때마다 육아에 관한 책을 읽기 시작했다. 그중 한 권에, '엄마가 아이에게 지나치게 간섭하면 아이가 엄마의 틀을 못 벗어나고 자신의 기량을 마음대로 발휘하며 자기 주도적으로 크는 데도 도움이 안 된다'는 구절이 있었는데 수현의 어머니는 이 말에 크게 자극받아 이후 오랫동안 마음에 새겨두었다. 그러면서 아이에게 너무 간섭하지 않아야겠다고 다짐도 했다. 그래서인지 수현이는 비교적 자유로운 환경에서 성장했고, 대신 스스로 선택하되 스스로 책임져야 한다는 걸 본능적으로 깨닫게 되었다.

수현의 부모는 학문도 중요하지만, 인격이 바탕이 되지 않은 상태에서 성공하면 오히려 독이라는 철학을 가지고 있었다. 그래서 수현이가 어렸을 때 방 벽에 다음과 같은 격언이 쓰인 액자를 걸어 주었다.

"정의롭고, 용감하며, 승리를 위해 남을 속이지 않고, 패자에게 관용을 보이는, 확고한 자신을 가지고 후회하지 않는 삶을 선언할 수 있는 그런 아이로 자라게 해주소서."

수현의 어머니는 이 글을 처음 만났을 때 단박에 마음에 들어서 액자로 꾸며 아이들 방 벽에 걸어두었다고 했다. 그 글의 내용은 수현의 어머니가 아이들에게 바라는 바를 더도 덜도 않고 정확하게 표현하고 있었다. 얼마나 마음에 드는 문구였던지 그냥 걸어둔 것을 넘어서 기회가 생길 때마다 아이들과 함께 소리 내서 낭독하기도 하며 그 내용을 외울 정도가 되었다. 물론 아이들은 재미없어했다. 수현이에게 제대로 외웠냐고 물으면 귀찮다는 듯 "응, 응, 외웠어, 외웠어." 하며 빠져나가려고 했지만, 확실히 수현이는 이 문장에 영향을 받은 것처럼 거기 쓰인 글처럼 성장해주었다.

어떤 이들은 공부는 일찍 하면 일찍 할수록 좋다고도 했지만,

수현 부모님의 생각은 달랐다. 오히려 제대로 배우기 전에 쓸데없는 지식을 너무 많이 갖게 되면 잘못 배우거나 학교에 들어가서 배움에 흥미를 잃을 수도 있다고 생각해 글자도 가르치지 않았다.

그런데 유치원에 다니던 수현이가 어느 날 주변 가게들의 간판을 보더니 부동산, 연탄집, 쌀집 같은 글자들을 읽기 시작했다. 따로 글자를 가르친 적이 없는데 어떻게 읽는 건지 신기했는데 나중에 스케치북을 보니 이미 혼자서 눈에 띄는 글자들을 보이는 대로 옮겨 적으며 놀고 있었다는 사실을 알게 되었다. 배움을 놀이처럼 하면 금방 느는 법인데 수현은 실제로 그렇게 혼자서 글자를 익혀나갔다.

동래유치원에 다녔던 수현이는 아무래도 여자 선생님이 많아서였는지 유치원에는 별 흥미를 못 느꼈다. 그러다가 남자아이니까 더욱 씩씩하고 건강하게 자라주길 바라면서 보낸 태권도 도장에 간 뒤로는 남자 선생님이 많으니 아주 좋아하면서 집에 오면 관장님 자랑을 많이 했다. 태권도를 꾸준히 해서 낙민초등학교 입학 이후에도 곧잘 했고 한 번 관심을 가지면 깊이 파고드는 타입이어서 열심히 했다. 초등학교 졸업할 때까지 태권도 도장에 다니면서 진급 시합에 나가 진 적이 없을 정도였다. 그러면서 초등학교 고학년 때는 3품 자격증까지 취득하게 되었다.

한 번은 수현이가 태권도를 잘해서 상장을 받아왔기에 어머니

위) 유치원에서 맞은 수현이의 여섯 번째
생일 잔치 모습

아래) 수현의 유치원 졸업 사진

가 잘했다고 칭찬하며 예쁘게 꾸며주고 액자에 넣어준 적이 있었다. 수현이가 초등학교 들어가기 전, 처음으로 태권도 시합에 나가 이겼을 때였다. 실제로는 특별히 대단한 상은 아니었다. 그래도 자신감을 북돋워 주고 싶어서 칭찬해주며 액자를 벽에 걸어주니 수현의 표정에서 무척 뿌듯해하고 자랑스러워하는 게 티가 났다. 가끔 혼자 벽에 붙어있는 상장을 가만히 쳐다보고 있기도 했다. 자신감을 갖게 되면 다른 일도 더 잘되게 마련인데, 그래서인지 수현은 상장을 받고 칭찬을 받으면 더 적극적인 아이가 되었다. 태권도뿐 아니라 공부에도 더 열심이었다. 그러다 보니 상도 더 많이 받게 되고 그럴 때마다 칭찬을 해주고 자부심을 북돋워 주니 더 잘하게 되는 기분 좋은 선순환이 일어났다.

수현은 언젠가부터는 받아온 상을 스스로 벽에 붙이기 시작하더니, 더이상 상장을 붙일 수 없을 만큼 많아지자 따로 상자를 마련해 보관하기 시작했다. 가끔 벽에 붙어있던 상장이 한두 장 떨어져서 어머니가 치워두면 학교 다녀오자마자 어떻게 알았는지 금방 몇 개가 없다는 걸 알아차리곤, "엄마, 저기 붙어있던 무슨 무슨 상장이랑 여기 붙어있던 무슨 무슨 상장은 어디 갔어요?" 하고 묻곤 했다. 어머니가 가끔 벽이 답답해 보여서 너무 오래된 상장은 이제 좀 떼서 따로 보관해도 좋지 않겠느냐고 말하면, "이대로 좋은데, 뭘." 하면서 뗄 생각을 하지 않았다. 어머니로서는 그럴 때마다 더 벽을 정리하고 싶다는 생각이 커졌지만 할 수 없었다. 나중에 수현이가 고등학교에 진학하고, 오래 살았던 대토아파트를 떠나 연산동의 동서 그린아파트로 이사하면서 비로소 오랫동안 상장으로 도배되어있던 벽이 제 모습을 찾을 수 있었다.

수현이가 초등학교 때의 일이었다. 어머니 신윤찬 여사가 아파트 앞 놀이터에서 아이들이 잘 놀고 있는지 내다보다가 수현이가 자기보다 덩치도 큰 친구를 타고 앉아서 빨리 사과하라고 고함치는 장면을 목격하게 되었다. 둘 다 순한 아이들인데 도대체 무슨 일인가 싶어 깜짝 놀라 말리러 뛰어 내려가니 그사이 이미 깔려있던 친구가 잘못했다고 사과하면서 상황은 정리된 뒤였다. 나중에 수현에게 왜 그랬는지 물어보니 친구가 반칙을 했는데 잘못했다고 인정을 안 해서 그랬다는 답이 돌아왔다. 그저 실제로 안 때린 것이 대견해서 잘했다고 했더니 수현이가 말했다.

"엄마. 태권도 하는 사람은 다른 사람 안 때려요. 자기를 지키기 위해서 하는 거지, 다른 사람 때리려고 하는 게 아니에요."

그 말을 듣고 수현의 어머니는, 아들이 벌써 이만큼 컸구나, 하고 새삼 아들의 성장을 느꼈다. 수현은 자라면서 약속을 어기거나 반칙하는 사람을 유난히 싫어했는데 그래도 친구들과 싸워서 속을 썩인 적은 없었다. 또래에 비해 철도 빨리 든 편이었다.

수현은 태권도뿐 아니라 다른 운동에도 만능이었다. 특히 학교 운동회를 할 때면 동네 아주머니들이 모두 모여 김밥을 잔뜩 사가서 응원하곤 했는데 수현이는 6년 내내 달리기를 하면 항상 1등 도장을 받아왔고 릴레이를 포함해 늘 반의 대표로 뛸 정도였다. 여동생 수진은 어릴 때 그런 오빠가 샘이 나서 자신도 보란 듯이 잘 달리는 모습을 보여주고 싶었다고 했다.

"하지만 그럴 때마다 오빠는 제가 뛰는 모습을 슬쩍 보고는 달리는 자세가 너무 엉성하다며 배를 잡고 웃었어요. 제가 하도 샘을 내니까 엄마가 제 담임 선생님에게 한 번만 릴레이 선수로 뛰게 해달라고 부탁해서 뛴 적도 있는데 그때는 오빠뿐 아니라 동네 아주머니들이 모두 웃었죠. 마음껏 배꼽을 잡고 웃어서 화가 났던 기억이 나네요."

하지만 수현의 어머니도 한 번은 웃음거리가 된 적이 있었다. 수현이가 5학년 때 선생님이 괜히 바람을 넣었다.

"아들이 저렇게 잘 뛰니 어머님도 한 번 나가서 뛰어보시는 건 어떨까요?"

그 꾐에 빠져 달리기 경주에 나섰다가 넘어졌을 때였다. 생각과 달리 몸은 말을 듣지 않았고 다리는 의지와 상관없이 저 혼자 공중에서 움직이고 있었다. 아주머니들이 또 한 번 배꼽을 잡았다. 여동생 수진 씨가 흐뭇한 표정으로 그때를 추억했다.

"오빠는 정말 잘 뛰었어요. 그런데 저랑 엄마는 별로였죠. 엄마가 그때 뛰다 넘어진 것처럼 저도 얼마 전 제 아들 운동회 때 부모 달리기에 나섰다가 넘어졌어요. 세상은 그렇게 반복되면서 굴러가

나 봐요."

수현이는 야구도 좋아해서 집안에서 곧잘 공을 가지고 놀았는데 그러다가 유리를 깨뜨려 아버지에게 야단맞은 적이 한두 번이 아니었다. 그래도 또래 중 유일하게 글러브와 배트를 가지고 있었는데 워낙 어릴 때부터 수현이를 예뻐했던 작은아버지 성화 삼촌이 사준 것이었다. 수현이도 부산의 다른 아이들처럼 롯데 자이언츠의 열렬한 팬이었다. 그렇게 수현이는 운동을 좋아하고 몸을 움직이며 노는 걸 좋아했지만 한편으로는 아주 다정다감한 아이였다.

초등학교 저학년일 때, 엄마와 함께 교문 앞을 지나다가 좌판에서 팔던 병아리를 발견하고는 엄마에게 사달라고 조른 적이 있는데, 어머니는 이런 병아리는 금방 죽는다며 사주려고 하지 않았다. 1980년대에 초등학교를 다닌 이들이라면 누구나 가지고 있을 법한 추억일 테다. 수현이가 좋아했던 신해철이란 가수가 시간이 지나 이런 세대의 공통적인 추억을 담아 〈날아라 병아리〉라는 노래로도 만들 만큼 당시에는 보편적인 현상이었다.

"수현아, 이런 아이들은 금방 죽어. 그리고 오래 못 사는데 키우다가 죽으면 슬퍼서 안 돼."

아무리 어머니가 말려도 수현의 눈빛은 간절했다. 평소에는 무리한 부탁을 하지 않는 아이였고 조르다가도 알아듣게 얘기하면 포기하는 편이었는데 이날만큼은 달랐다. 결국 이날 수현의 어머니는 막무가내인 수현을 이길 수 없어 병아리 두 마리를 사 오게 되었

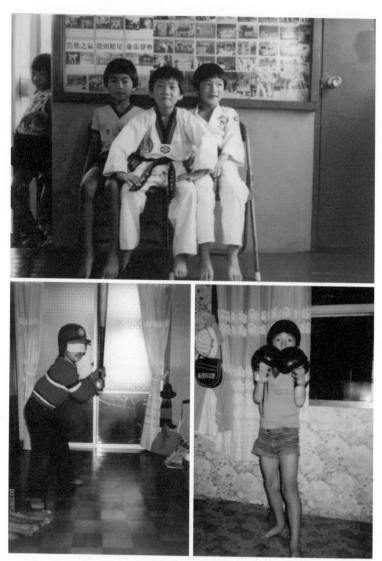

위) 어린 시절, 태권도복을 입은 수현의 모습(맨 오른쪽)

아래 왼) 어린 시절 수현은 틈만 나면 집안에서 야구배트를 가지고 놀았다.
　　　오) 권투 글러브를 낀 어린 수현의 모습. 모든 운동에 관심을 보였다.

는데 집에 온 뒤로는 수현이 어찌나 애지중지 보살피고 잘 돌보는지 잘 사주었다는 생각마저 들었다. 수현이는 학교에서 돌아오면 곧바로 병아리가 있는 상자로 향했고 한참 바라보면서 말을 걸곤 했다.

하지만 학교 앞에서 아이들에게 파는 병아리를 사본 사람이라면 모두가 예상할 수 있는 것처럼 이 병아리들도 얼마 못 가 금방 죽고 말았다. 같은 날 두 마리가 죽자 수현이는 엉엉 울었다. 어머니는 아들이 그렇게까지 우는 모습이 낯설었다. 그야말로 통곡하는 수준이었다. 그렇게 한참을 울던 수현은 울음을 그치더니 죽은 병아리 두 마리를 셔츠 속 맨 가슴에 넣어 안고 밖으로 나갔다. 어딜 가느냐고 물으니 무덤을 만들어 묻어주려고 한다는 것이었다. 왜 맨 가슴에 넣고 가느냐고 물으니 병아리들이 차가워지기 전에 자기 가슴에 넣어 데워주려 한다고 답했다. 그때 수현의 어머니는 남자아이지만 참 정이 많고 상냥한 아이라고 느껴져 다행이라는 생각을 했다.

수현은 병아리들을 묻고 돌아와서도 한동안 계속 울었는데 이 사건 이후로는 더 이상 집에서 동물을 키우겠다는 소리를 하지 않았다. 딱 한 번 예외가 있었는데 애완동물 가게 앞을 지나다가 귀여운 강아지를 발견했을 때였다.

"엄마, 키우면 안 돼요?"

수현이가 묻기에 어머니가 답했다.

"수현아, 죽은 병아리를 생각해봐. 너 또 그런 슬픔을 받아들일 자신 있어?"

그러자 수현은 잠시 생각에 잠겼다가 말없이 고개를 젓더니 순순히 포기했다.

정이 많고 자상했던 수현의 성격은 소풍 가던 날에도 잘 드러났다. 수현은 초등학교 소풍 갈 때 도시락을 여러 개 싸달라는 부탁을 자주 했다. 그걸 다 먹을 거냐고 물으면 자기가 먹을 게 아니라 도시락 못 가져오는 친구가 있어서 챙겨가려고 한다는 것이었다. 그렇게 수현이는 어릴 때부터 정이 많아서 곤란한 상황에 있는 사람을 그냥 지나치지 못했다.

수현의 초등학교 시절 장래희망은 대통령이었다. 물론 그 나이 또래의 아이들이란 1년에도 몇 번씩 장래희망이 바뀌는 법이지만 한 번은 어른들이 장래희망을 묻자 진지하게 대답한 적이 있어서 부모님은 그 모습을 아직도 기억하고 있다.

"수현이는 커서 뭐가 되고 싶어?"

"……"

"생각해본 적 없어?"

"세상에서 제일 높은 사람이 누구예요?"

"글쎄, 대통령 아닐까?"

"그럼 지금부터 저의 장래희망은 대통령입니다."

그렇게 대답했다는 것이었다. 물론 진지한 표정이었다.

수현에게는 이 무렵부터 평생을 함께하게 될 소중한 친구들이 여럿 생겼다. 정성훈, 박영준과 같은 친구들이 그들이었다. 수현, 성훈, 영준, 이렇게 셋은 어릴 적부터 단짝이었다. 영준이랑 수현이는 같은 동네에 살아서 어릴 때부터 친했고 중학교에 진학하면서 성훈까지 합세해 교내에서는 '삼총사'로 불릴 만큼 친하게 지냈다. 소풍 갈 때면 일부러 옷을 맞춘 것도 아닌데 우연히 세 친구가 같은 옷을 입고 나타날 정도였다. 공교롭게 다 같이 백바지를 입고 와서 선생님과 친구들이 '백바지 삼총사'라 부르기도 했다.

특히 그중에서도 정성훈은 이후로 수현이 세상을 떠날 때까지 가장 내밀하게 마음을 나눴던 '절친'이었다. 수현이가 나중에 부산을 떠나 다른 지역으로 대학에 진학하고, 또 군대에 갔다가 타국인 일본에서 유학한 마지막 순간까지도 늘 힘든 일이 있을 때마다 편지를 주고받으며 형제처럼 마음을 나누었다.

친구 성훈의 회고에 따르면, 수현은 어릴 때부터 의협심 같은 게 확실히 강하긴 했다. 중고등학교 시절 사춘기 때, 한창 의리 같은 걸 중요하게 여기게 마련인 청소년 시절에도 유독 그랬다. 다른 친구들이 생각하거나 고민하고 있을 때 수현이는 이미 행동하고 있었다는 것이었다. 성훈은 중학교 1학년과 3학년 때 수현과 같은 반이었는데 당시 왕따당하던 친구들을 나서서 보호해주고 괴롭히는 아이들에게는 무섭게 경고하던 수현이의 모습을 기억했다. 유유상종(類類相從)이라는 말처럼, 사실 그 시절엔 수현이뿐 아니라 성훈이를

수현은 학창시절 친구들과 어울릴 때뿐 아니라 가족여행을 비롯해
어디를 가든 늘 백바지 차림이었다.

비롯해 함께 어울리는 친구들이 대체로 그런 편이었다. 다른 친구들의 시계나 비싼 옷을 뺏곤 하는 아이들이 있으면 따로 불러내 점잖은 말이나 혹은 다른 방식(?)으로 타이르며 앞으로 이런 짓 하다 걸리면 그냥 넘어가지 않겠다고 경고하곤 했다. 속된 말로 요즘의 일진 혹은 통이라는 말로 지칭되는 이들이 어느 학교에나 있게 마련인데 친구들은 수현이도 그렇게 부를 수 있는 부류였다고 기억한다. 실제로 수현이가 학교에서 싸움을 일으킨 적은 많지 않지만, 복도 같은 데를 걸어 다니면 아우라라고나 할까 포스가 있는 친구여서 아무도 쉽게 건드리지 못하는 친구였다는 것이다. 싸움을 잘했다는 얘기이기도 하지만 그보다는 자존심이 세고 불의를 보면 그냥 지나치지 못하는 편이어서 어깨 힘주고 다니며 친구들 괴롭히는 학생들과 자주 대립했기 때문에 그런 이미지가 생겼다. 수현은 그렇게 무럭무럭 성장해서 소년티를 벗고 질풍노도의 시기로 접어들고 있었다.

수현의 사고 이후 많은 사람이 그를 추모하는 가운데, 가족과 친구들이 누구 하나 빠지지 않고 모두가 입을 모아 강조한 것이 있었다. 수현이가 지나치게 미화되거나 영웅시되는 것이었다. 수현의 가족과 가까운 지인들은 수현이가 아주 특별한 사람인 것처럼 우상화되는 것을 경계하고 염려했다. 하지만 누군가가 대단한 건 사실 아니냐고 물었을 때, 친구 정성훈은 잠시 생각에 잠기더니 말했다.

"수현이는 그런 게 늘 몸에 배어있던 놈이에요. 물론 누구나 그런 상황이 되면 잠깐 고민을 하게 되겠죠. 구해야 하나, 말아야 하나… 하지만 수현이는 생각하기보다는 몸이 먼저 반응하는 스타일이었죠. 어릴 때부터 그랬어요. 그게 대단한지는 모르겠지만 저에게는 수현이를 떠올리면 그냥 당연히 함께 떠오르는 이미지라서요."

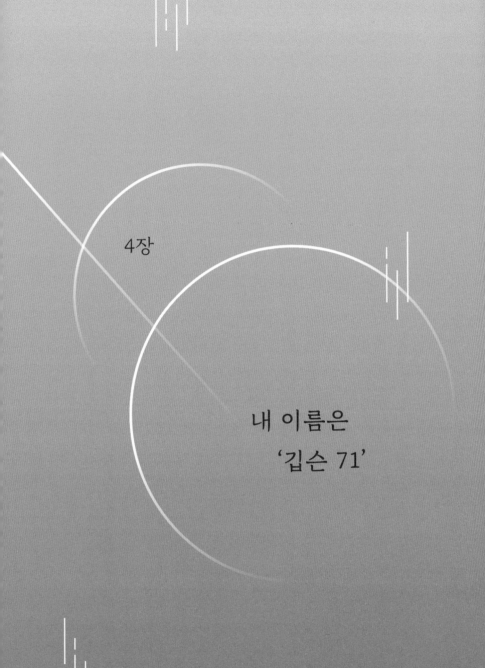

4장

내 이름은
'깁슨 71'

수현은 매사 긍정적이고 결핍된 게 없어 보이는, 항상 주변 분위기를 밝게 만드는 소년으로 성장했다. 초등학교 때도 반장을 자주 했는데 중학교 입학 첫해에도 반장을 맡았다. 처음에는 반장을 절대 안 하겠다고 버티다가 나중에는 그럼 부반장을 하면 안 되겠냐고 담임 선생님에게 사정했다는데, 수현의 부모는 담임 선생님이 전화로 이런 사정을 설명하자 이해가 안 가서 집에 돌아온 수현에게 왜 그랬는지 물었다.

"반장이 하는 일을 도와줄 수는 있지만 내가 직접 하는 건 스트레스 받아서 하고 싶지 않아요."

수현의 대답을 듣고 수현의 부모는 초등학교 때도 반장을 하면서 겉으로는 표현하지 않아도 속으로는 스트레스를 많이 받았겠구나, 미루어 짐작하게 되었다. 수현은 어떤 역할을 맡고 나면 늘 기대에 부응하는 아이였다. 언제나 사람들이 조화롭게 어울리도록 유도하고 갈등을 조율해서 분위기를 좋게 하는 역할을 잘 해냈는데 그러면서도 속으로는 얼마나 많은 생각을 하며 지냈을지 안쓰럽기도 하고 아들의 내면을 조금 더 들여다본 기분이었다.

친구 정성훈은 수현이가 중학교 때부터 아웃사이더 같은 기질을 보이기 시작했다고 기억한다. 속된 말로 조금 튀었다고나 할까. 친구들 누구와도 스스럼없이 잘 어울렸지만, 한편으로는 자기만의 사고방식이 강해서 의견이 다를 때가 많아졌고 그럴 때도 적당히 타협하는 경우는 거의 없었다. 이 시기에 부쩍 몸이 커진 수현은 털이 많아지면서 '털프가이'라는 별명이 생겼다. 터프가이의 첫 글자를 '털'로 바꾼 것이었다. 또, 영감이라는 별명도 있었다. 쉽게 말하면 '애늙은이'라는 소리였다. 그만큼 친구들이 듣기에는 지나치게 고지식하고 반듯한 소리를 자주 했다. 몸이 커지는 만큼 수현 특유의 세계관과 철학도 선명해졌다.

특히 수현의 곧이곧대로 매사를 대하는 고집스러운 측면 때문에 한 번은 학교의 여자 선생님이 울음을 터뜨린 적도 있었다. 선생님이 수업시간에 무언가를 설명하다 지나치듯 틀린 내용을 말한 적이 있는데 그 순간 수현이가 그냥 넘어가지 않고 손을 들더니 그 사실을 지적하며 바로잡아야 한다고 반론을 펼친 것이었다. 선생님은 다른 학생들의 눈도 있고 자존심이 상해서인지 잘못을 인정하지 않으며 대충 얼버무린 다음 수업을 마치고 교실에서 나갔는데 화가 머리끝까지 난 수현이 놀랍게도 교무실까지 찾아가서 선생님을 다그친 것이었다. 확실하게 잘못 말한 것이라고 확인해 줘야 학생들이 제대로 공부할 수 있는데 그렇게 얼버무리며 수업을 끝내버리면 학생들 입장에서는 혼란만 가중되는 게 아니냐며 따지니 급기야 선생님의 울음보가 터져버린 것이었다. 교무실에서 학생이 선생님을 울린 꼴이 되고 나니 다른 선생님들도 난리가 나서 학교에서 집으로 전화를 했고 급기야 어머니가 학교에 와야 하는 사태가 벌어졌다. 그래도 수현은 제 뜻을 굽히지 않고 사과하지도 않았다.

"비록 선생님이라고 해도 틀린 건 틀린 거잖아요. 하지만 실수를 할 수도 있는 거니 인정하면 괜찮은데 제가 참을 수 없었던 건 실수를 인정하지 않고 얼버무리며 대충 넘어가시려고 한 것 때문이에요."

어머니도 수현의 말을 듣고 나서는 그럴 만하다고, 사실은 수현이의 말이 옳다고 생각은 했지만 그래도 세상일이라는 게 그렇게 칼로 베듯이 단순명쾌하게만 살아갈 수는 없는 일이었다. 어머니는 자신이라도 사과해야겠다고 생각해서 수현이 모르게 그 선생님을 찾아가 넓은 마음으로 양해해달라며 사과하고 달랬다.

중고등학교 시절, 털프가이나 영감 말고도 수현에게는 또 다른 별명이 있었는데 '멍게'였다. 여드름이 심해서 얼굴 여기저기가 울퉁불퉁해 붙여진 별명이었다. 동생 수진이도 여드름이 심했는데 그러면서도 오빠에게 멍게라고 놀리곤 해서, 너야말로 멍게 아니냐며 둘이 서로를 멍게라고 부르며 놀리곤 하는 게 일상이었다.

그 시기, 몸과 마음이 부쩍부쩍 성장하던 수현은 하루도 거르지 않고 운동을 했다. 운동신경도 워낙 좋았지만 그 자신이 운동을 워낙 좋아했고 특히 운동한 다음 샤워하고 나서의 그 개운한 기분을 너무 좋아했다.

중2까지만 해도 외모에 별로 관심이 없던 수현이, 부쩍 외모를 꾸미는 데 신경을 쓰고 운동도 더 열심히 시작한 것은 중3 때부터였다.

"그전에는 완전 순둥이였죠, 뭐."

친구 성훈은 추억했다. 흔히 말하면 사춘기 혹은 반항기가 시작된 것일까. 수현의 부모도 신경이 쓰였다. 그렇다고 수현이 학업을 소홀히 한 건 아니었다. 수현은 공부만큼이나 패션, 운동, 음악 같은 것도 잘하고 싶어 했다. 수현은 하고 싶은 게 생기면 다 해보려고 시도하는 편이었고 일단 경험해보고 계속할지 안 할지 판단하면 되지, 처음부터 지레 겁먹어서 시도조차 하지 않는다는 건 좋은 태도가 아니라고 생각했다.

무엇보다 이 시기가 수현의 삶에서 특별했던 것은, 이후로 줄곧 자기 인생에서 가장 중요한 부분을 차지하게 되는 음악의 매력에 막 빠지기 시작했다는 것이었다. 수현이 기타를 처음 손에 잡은 것은 1988년, 중학교 2학년 때였다. 수현에게 처음으로 통기타를 사준 사람은 아버지였다. 수현이가 고교 입시 때문에 스트레스가 쌓이는데 기타로 기분전환을 하고 싶다고 말하자 두말없이 사주었다. 그러다 나중에 고등학생이 된 이후에는 록음악의 매력에 빠져 전기기타를 사달라고 조르기도 했다. 수현의 부모는 이제부터 대입을 준비해야 하는데 무슨 기타냐며 안된다고 했지만, 협상에서 바로 물러날 수현이 아니었다. 수현의 명설득이 시작되었다.

"아버지, 생각해보세요. 지금 아버지가 전기기타를 사주었다고 쳐요. 나는 기타 연주가 너무 즐거운 나머지 다른 어떤 유혹에도 흔들릴 시간이 없어져요. 게다가 기타는 집에서만 연주할 수 있잖아요? 그러면 집에 있는 시간도 많아지게 마련이죠. 그러다 보면 책상 위 교과서도 눈에 들어올 가능성이 커지고요. 그걸 보게 되면 아차 공부해야지 싶어져서 아무래도 공부를 하게 되는, 그런 결론에 이르게 됩니다. 대입을 위해서라도 전기기타가 꼭 필요하다는 이야기죠."

부모님은 그렇게 말하는 수현이를 보험을 팔러 온 세일즈맨을 바라보는 눈빛으로 바라봤다. 그것도 매달 판매왕에 오르는 판매의 달인. 말하는 자신도, 듣는 부모도 궤변인 줄 알았지만, 그 논리적인 설명과 애쓰는 모습이 대견해서 물었다.

"네 말을 듣고 보니 사주면 도움이 되긴 하겠구나. 그런데 그냥 기타를 사주면 안 되나?"

그렇게 묻는 아버지에게 수현이 말했다.

"그건 안 돼요. 통기타는 이미 졸업했잖아요. 마치 제가 중학교를 졸업한 것처럼요. 이제 제가 고등학교 입시를 준비할 일은 없어진 거죠. 다음은 대학 입시를 준비해야 할 차례예요. 그러니까 기분전환을 위한 기타도 한 단계 올라서야죠. 그게 전기기타예요."

중학교 시절 수현의 모습

수현이가 무언가를 배우는 방식은 늘 독학이었다. 기타도 자신은 왼손잡이인데 독학으로 연습하다 보니 대부분의 책에 나와있는 것처럼 오른손으로 치게 되었다.

그전에 피아노를 배울 때도 그랬다. 여동생 수진이가 어릴 때 피아노 학원에 다녀와 집에서 복습을 하면 수현이는 그걸 어깨너머로 눈여겨봤다가 나중에는 자신도 피아노를 칠 수 있게 되었을 정도였다. 완전히 독학이었지만 피아노 연주도 꽤 잘했다. 악보를 사 와서 그걸 보면서 연습하곤 했는데 성장하면서 수현 남매는 자주 젓가락행진곡 같은 곡을 함께 연주하곤 했다. 수현이가 반주 부분을, 수진이 멜로디를 연주하는 식이었다.

물론 모든 걸 독학으로 할 수는 없는 노릇이었다. 미술의 경우를 보면, 하고 싶다는 마음이 생겼을 때만 집중력이 발휘되는 모양이었다. 초등학생 때 수현이는 유난히 미술을 어려워했는데 학원에 보내보려고 했지만 그때도 독학을 고집했던 적이 있었다. 무슨 학원씩이나 다니냐면서 안 다녀도 된다고 손사래를 쳤는데 아무리 독학으로 연습해도 스케치는 곧잘 했지만 색칠이나 마무리가 안 됐다. 부모님이나 선생님 입장에서는 학원에 다니면 금방 나아질 것 같았지만 수현은 자기에게 맞는 속도로, 자기 리듬으로 독학하며 하는게 편하다며 한사코 거절했다. 결국, 다녀보고 결정하기로 해서 등록한 미술학원도 두어 달 다니다 마는 것으로 타협했다.

옷이나 헤어스타일 등에 부쩍 신경을 쓰기 시작하던 수현은 중학교 3학년에 올라가더니 점점 대담하게 외모를 꾸미기 시작했다. 부모의 눈에는 점점 희한해지는 아들의 외모가 마음에 들지 않았다. 참다못한 어머니는 담임 선생님에게 전화를 걸어 어떻게 하면 좋을지 상담했다. 학교에서 좀 단속해주면 좋겠다고 했을 때 당시 담임 선생님이 웃으면서 말했다.

"그러지 않아도 저놈들을 벼르고는 있습니다. 그런데 어떻게 한 번 하려고 해도 규칙에 안 걸릴 만큼만 딱 희한하게 하고 다니네요. 난감합니다."

실제로 수현이가 다닌 동래중학교는 인근에서도 학생들의 두발 관리에 엄격한 것으로 유명했다. 하지만 당시 아이들 사이에서는 학교에서 허락하는 것보다 긴 스타일의 헤어스타일이 유행하고 있었고 그런 헤어스타일을 몰래 하고 다니다 불시에 걸리면 선생님들은 강제로 들고 다니던 가위로 가차 없이 머리카락을 잘라버리곤 했다. 수현도 그렇게 한 번 걸린 적이 있었는데 당돌하게도 머리카락을 잘릴 뻔한 위기에서 자신은 학칙을 위반한 게 아니니 정확한 머리카락 길이를 재어 봐달라고 요구해서 위기를 모면한 적이 있었다. 선생님이 재어 보니 말 그대로 교칙으로 허용한 딱 그만큼의 길이였다는 것이다. 이 에피소드는 친구들은 물론 가족들조차 과연 수현이다운 일이라고 재미있게 단골로 추억하는 에피소드 중 하나다. 수현은 자기주장을 할 때 눈을 치켜뜨고 사나운 표정으로 대드는 것이 아니라 규칙을 언급하며 차분하게 또박또박 말하는 스타일이었다. 그러니 어른들도 만만하게 대하기가 쉽지 않았다. 어른이라고 해도 무조건 순종하는 것이 아니라 규칙을 기준으로 타협할 줄 알고 그 속에서 최대한 자기가 원하는 바를 관철해내는 영민한 아이였다.

당시 수현의 집은 아이들에게 마음껏 옷이나 신발을 사줄 수 있는 형편이 아니었다. 그러니 갑자기 패션에 관심을 가지며 한창 멋 부리는 걸 좋아하게 된 수현이 때문에 부모님은 머리가 아팠다. 어느 날은, 작은 이모부가 수현에게 필요한 거 없냐고 물으니 딱 한 가지 있다며 꽤 비싼 청바지를 언급하기에 수현의 어머니가 말렸던 일도 있었다. 그래도 이모부는 며칠 뒤 그 청바지를 사 와서 선물했는데 어머니는 그때 모든 걸 얻은 것처럼 좋아하던 수현의 표정을 기억했다.

"한 번은 아식스인지 뭔지 무슨 운동화를 사달라고 조르기에 가짜를 잔뜩 모아놓은 싸구려 트럭 같은 데서 비슷한 메이커의 운동화를 하나 사다 준 적이 있어요. 겉모양은 거의 같았지만 속은 형편없는 싸구려 신발이었는데 한참을 신던 수현이가 어느 날 퉁퉁 부은 발을 보여주면서 자꾸만, '엄마 발이 이상해, 발이 이상해' 하는 거예요. 차마 사실을 얘기하지는 못하고 혼자 마음이 너무 아팠죠. 그리고 다시는 돈 아끼겠다고 아들 건강 상하게 하는 일은 하지 말아야겠는 다짐을 했던 적이 있어요."

그렇게 당시를 추억하는 수현의 어머니는 실제로 한 번은 큰 마음먹고 정말 좋은 신발을 수현에게 사주었다. 손을 벌벌 떨면서 사다 준 것이었는데 얼마 지나지 않아 수현이가 동래시장 앞에서 그 신발을 깡패에게 빼앗기고 말았다.

"하늘이 무너진 것처럼 속상해하던 아들에게 그냥 잘했다고, 잘 벗어줬다고 얘기해줬어요. 돌아보면 그렇게 엄마와 아들이 함께 성숙해온 것 같아요."

중학교 3학년 시절 수현은, 친구들끼리 모여 캑캑거리면서 담배도 피워보고 호기심도 많아서 이런저런 일탈도 시도해보며 뭐든지 경험해보려는 성향이 있었다. 담배를 피워도 겉멋이 잔뜩 들어, 가장 독하다는 말보로 레드만 고집했다. 유행하던 홍콩 영화의 영향도 있었다. 당시 한국 사회는 해외여행 자율화가 되기 전이어서 이후 X-세대로 불리게 된 수현이 나이 또래의 청소년들에게 외국 문화와 새로운 세계에 대한 동경이 가득했다. 이들은 감수성도 이전 세대보다 훨씬 풍부해서 터질 듯한 호기심을 채우기 위해 정력적으로 세계의 이모저모를 탐닉하려는 준비를 마친 상태였다. 아마도 수현이 나중에 일본에 가서 더 공부하겠다고 결심한 배경에도 이런 왕성한 문화적 호기심이 영향을 끼쳤을 것이었다. 1990년대 초반, 해외여행 자율화가 실시되었을 때 수현 또래의 한국 젊은이들에게 광풍처럼 배낭여행 붐이 일어난 것도 같은 맥락에서 이해할 수 있는 일이었다. 이들은 중고등학교 청소년 시절 내내, 평생에 한 번쯤은 말로만 듣던 외국에 직접 가보고 싶다는, 지금으로서는 우습게 들리는 꿈을 품고 살았다. 특히 수현이 청소년 시절을 보낸 부산은 일본의 영향을 많이 받았는데 해변에 가까이 있는 집에서는 NHK 방송이 그냥 나오기도 했고 시내에서는 해적판 일본 대중가요의 앨범이나 비디오, 만화, 논노 같은 패션 잡지 등을 불법이지만 쉽게 구할 수 있었다. 여러모로 숨 막히는 감정을 많이 느낄만한 청소년 시기에 수현과 친구들 중 상당수는 어른이 되면 외국에 가서 살겠다는 꿈을 공유했다.

그렇게 호기심도 많고 학교 공부와는 상관없는 공상도 많이 했지만 수현은 중학교 3년 내내 우수한 성적을 유지했다. 상을 타오면 수현은 어릴 때처럼 꼭 벽에 붙여놓고 싶어 해서 어머니는 동네 액자 집에 자주 다니다 단골이 되었고 갈 때마다 한참 수다도 떨고 할인도 많이 받게 될 정도였다. 지금은 모두 고려대학교 박물관 수장고에 보관되어있는 상장들이다.

이 시기에 수현에게 큰 영향을 끼친 사람 중에는 중학교 3학년 담임을 맡았던 신용철 선생님을 빼놓을 수 없다. 수현을 포함한 성훈, 영준 등 삼총사는 신용철 선생님을 많이 존경하고 따랐다. 신용철 선생님은 한창 몸집이 커지며 사춘기를 지나던 당시 학생들을 많이 잡아주었다. 엄하게 혼을 낼 때도 있었지만 그보다는 대체로 칭찬을 먼저 한 다음, 그렇지만 이런 것도 해보면 어떨까, 하는 식으로 조언을 많이 했다. 반 친구들 앞에서 수현, 성훈, 영준을 삼총사

수현의 학창시절 상장들

라고 부르며 우애 깊은 친구로 공인(?)해준 것도 신용철 선생님이었다. 나중에 삼총사 중 수현과 성훈은 내성고등학교로 진학해서 고등학교 3년 동안 매일 함께 통학했는데 그 고등학교 시절 내내, 그리고 성인이 되어서도 신용철 선생님과의 추억을 이야기하고 그리워했다. 중학교를 졸업한 이듬해인 고등학교 1학년 시절에는 스승의 날에 동래중학교로 가서 신용철 선생님을 찾아뵙기도 했다. 성훈은 그 시절을 이렇게 추억했다.

"신용철 선생님은 경쟁하듯 멋을 부리고 호기심에 가득 차 어른 흉내를 내기 시작한 혈기 왕성한 사춘기의 남자아이들이 그 시기를 잘 넘어갈 수 있도록 현명하게 다잡아주신 좋은 선생님이었어요. 성인이 되고 나서도 우리 삼총사는 늘 그 시절을 돌아보며 참 고마운 선생님을 만날 수 있어서 운이 좋았다며 회상하곤 했죠."

신용철 선생님은 이후 아주 오랜 시간이 지난 뒤, 수현의 사고 소식을 듣고 직접 수현의 부모님을 찾아와 위로했다.

중학교 3년을 내내 우수한 성적으로 지내다 졸업한 수현은, 그러나 고등학교에 입학하면서 갑자기 성적이 곤두박질치기 시작했다. 고등학생이 된 수현의 마음을 빼앗아간 건 무엇보다 음악이었다. 성적 하락의 가장 큰 원인도 마찬가지였다.

수현은 이때부터 록음악을 즐겨들었는데 그러면서 자기가 좋아하는 록밴드의 기타리스트 이름을 자신의 닉네임으로 곧잘 사용하기 시작했다. 나중에 수현은 대학 시절과 군대 시절, 그리고 일본 유학 시절까지 내내 친구 성훈에게 자주 편지를 보냈는데 그때마다 항상 보내는 사람으로 '누노 Nuno'라는 이름을 사용한 것이 대표적인 예였다. 록밴드 익스트림(Extreme)의 기타리스트 누노 베텐코트(Nuno Bettencourt)를 오마주한 닉네임이었다. 수현의 이메일 아이디도 nuno04@hanmail.net 이었다. 수현은 에릭 클랩튼과 임펠리테리 등의 음악도 즐겨 들었다.

그래도 수현이가 가장 좋아하고 아꼈던 닉네임은, '깁슨 71' 이었다. 팬더와 깁슨은 기타 마니아들에게는 상징적인 양대 브랜드라 해도 좋을 만큼 유명한데 수현이는 이 중에서 당시 자신이 가장 좋아했던 록밴드 '건즈 앤 로지스(Guns & Roses)'의 기타리스트 슬래시(Slash)를 따라 하고 싶어서 그가 쓰던 기타인 깁슨을 따라 사용했다. 수현이가 애지중지하며 연주했던 이 빨간색 깁슨 기타도 지금 고려대학교 박물관에 보관되어있다.

수현이 아꼈던 손때가 묻은
깁슨 기타

이후 수현은 고등학교 학교 밴드의 리더로 활동하며 어린이대공원 등에서 열정적으로 공연 활동을 했다. 당연히 학교 공부는 뒷전이 될 수밖에 없었고 성적이 안 떨어지면 이상할 상황까지 이르렀다.

　　그런 상황인데도 수현은 어느 날 앰프를 사 오더니 집에서까지 연주를 하기 시작했다. 그래도 성격은 유순한 편이라 가족 중 누군가가 시끄럽다고 짜증을 내면 싸우기보다는 양해를 구했지만 그런 아들의 모습을 지켜보는 부모님의 걱정은 날로 커졌다. 특히 부모님이 외출하는 날에는 나가자마자 앰프에 기타를 연결해 엄청난 볼륨으로 소리를 내며 연주하곤 했는데 그런 일로 동생 수진이와 자주 다퉜다. 수현의 부모님도 음악을 좋아해서 원래 집에 LP판이 많았고 당시에는 전축의 턴테이블로 음악을 듣곤 했는데 얼마 지나지 않아 그 공간이 전부 수현의 LP로 가득 찰 정도였고 그렇게 LP판이 늘어나는 속도와 반비례해 공부하는 모습을 볼 기회는 급격히 줄어들었다.

　　수현의 부모님은 수현을 학원에 보내거나 과외라도 시키고 싶었지만, 기타나 컴퓨터, 피아노 등을 익힐 때처럼 공부도 독학하는 걸 좋아하고 워낙 어디 얽매이는 걸 싫어하는 성격 탓에 그마저도 쉽지 않았다. 평소에도 그렇고 시험 기간이 다가올 때도, 수현은 그저 우직하게 앉아서 계속 문제를 푸는 방식으로 공부를 했는데 그런 아들의 모습이 수현의 어머니 눈에는 맨땅에 헤딩하듯 미련해 보여서 답답하기도 했다. 그런 데다 음악을 한답시고 성적까지 갑자기 많이 내려가니 수현의 부모는 걱정이 컸다. 하지만 수현의 부모님은 자식을 세게 압박하는 스타일은 아니었다. 원하는 방향으로 강하게 이끌기보다는 믿고 관망하는 스타일로, 자율적인 분위기로 지금까지 키워온 편이었다. 공부하라고 닦달한 적도 거의 없었다. 수현이가 어릴 때는 시간을 어기거나 남에게 폐를 끼치는 등 아주 가끔 상호합의 하에 회초리를 든 적이 몇 번 있었지만 그마저도 중학교 입학 후에는 그럴 일이 없었다. 수현이가 중학생이 되더니 이제 회초리는 치워달라고 요구했고 부모님도 순순히 응했다.

그랬던 수현의 부모였지만, 대학입시가 얼마 남지 않았고 내년이면 고등학교 2학년이 된다는 사실을 떠올리면 점점 마음이 조마조마해지는 것도 사실이었다.

수현은 고등학교 2학년에 올라갈 즈음, 자신이 언어 쪽에 훨씬 더 재능이 있다는 생각을 갖게 됐다. 그래서 2학년 진학과 함께 결정해야 하는 문과와 이과의 진로 중에서 문과 계열을 선택했다. 성적도 수학은 평범한 수준이었지만 영어는 최고 수준이었다. 영어 잘하는 아들을 뿌듯해하는 부모님에게, "나중에 미국 유학 보내시려면 돈 많이 들 텐데 어떻게 하시려고 그래요?" 하며 씨익 웃곤 했던 수현이었다.

수현은 다행히 고등학교 2학년이 되자, 1학년 때와는 조금 달라진 모습을 보였다. 아버지를 설득해서 전기기타를 얻어낸 다음 미친 듯 기타만 연습하던 1학년 때와는 달리 2학년이 되고 여름방학을 지나면서는 집에서 기타를 연주하는 일이 거의 없어졌다. 부모님 입장에서는 조금 마음이 놓였다. 당시 한국의 고등학교에서는 2학년 여름방학이 지나면 2학기 때부터는 수업 이후에도 밤 9시까지 남아 자율학습을 해야 했다. 학교에서 보내는 시간이 많아질 수밖에 없으니 수현이도 어쩔 수 없이 공부에 힘쓸 수밖에 없게 되었을 터였다. 아들도 대입이 다가오니 정신을 차렸나보다 했는데...

사실은 그게 아니었다.

이 무렵 수현이는 학교에서 친구들과 '아마존' 이란 이름의 록 밴드를 조직하고 있었다. 수업을 마치면 교실에서 자율학습을 하는 게 아니라 밴드가 연습할 수 있는 공간을 만들어 거기서 합주를 하고 있었던 것이었다. 그 사실을 알게 된 것은 우연이었다. 어느 날 수현의 어머니는 수현이 방을 청소하다가 책상 위에 낯선 티켓이 놓여있는 걸 발견했다. 집어 들어보니 수현이가 활동하는 밴드의 공연 입장권이었다. 한 장에 2천 원이었다. 나중에 그 돈이 공연장 대관 비용으로 쓰기 위해 친구들에게 받는 것임을 알게 됐다. 다른 학교의 밴드도 참여하는 큰 규모의 공연이었다. 밤 9시까지 매일 열심히 공부하고 있는 줄 알았는데 이렇게 시간을 보내고 있었다니 기가 차고 한숨이 나오는 일이었다.

그 시기에 수현이는 일요일마다 외출했다가 꽃다발을 잔뜩 들고 집에 오곤 했는데 그 꽃다발도 사실은 일요일마다 하는 정기 라이브공연을 마치고 팬들에게 받아오는 것이었다. 대입이 코앞이고 이제 정말 피치를 올려야 할 시점인데 걱정이 태산이었지만 수현은 이런 부모의 걱정은 아랑곳하지 않고 오히려 어머니를 공연에 초대했다.

"엄마. 청춘은 다시 오지 않아요. 바로 지금, 이 순간을 충분히 즐기면서 살아야 한다고요. 공부는 공부대로 착실히 하고 있으니까 너무 걱정하지 마세요. 밴드도 대충 하는 게 아니라 나름대로 꽤 하는 수준이니까 기회 되면 한 번 와서 보세요. 라이브공연 본 적 없죠? 보시면 생각이 달라질 거예요."

그래서 수현의 어머니는 실제로 자신의 친구들을 데리고 수현의 공연을 보러 간 적도 있었다. 부산 어린이대공원에서 열린 야외 콘서트였다. 수현의 어머니는 록음악이 어떤 건지 전혀 몰랐지만 땀을 뻘뻘 흘리며 열정적으로 연주하는 무대 위 아들의 모습을 보니 불안하기보다는 조금 안심이 되는 기분도 들었다.

"그래도 무릎에 큰 구멍이 난 찢어진 청바지를 입고 공연하는 건 너무했어요. 같이 공연을 보러 간 제 친구들이 꼭 저런 바지를 입어야 하는 거냐고 해서 조금 창피하기도 했던 기억이 나네요. 수현이는 제가 앞으로 뮤지션이 될 거냐고 물을 때마다 늘 취미로 하는 거니 걱정하지 말라고 안심시키곤 했죠. 하지만 나중에 보니 친구들에게는 뮤지션이 되는 것도 깊이 고민했다고 하더군요. 하여튼 당시에 아들은 록음악에 완전히 빠져있었어요."

수현이 고등학생이 된 후 성적이 떨어진 것은 음악도 물론이
지만 한편으로는 당구 때문이기도 했다. 수현이는 고등학생이 되
고 음악만큼이나 당구에도 흠뻑 빠져서 좋아했는데 당시 단골로 다
니던 당구장 아저씨가 명절에도 집에 못 가고 혼자 산다고 걱정하
며 명절날 집에 있는 음식을 싸서 가져갈 정도였다. 황당해서 야단
을 치려고 하면 "당구장 아저씨가 엄마 음식 솜씨가 장난 아니래. 완
전 최고래." 하면서 너스레를 떨었다. 하지만 날이 갈수록 부모님과
당구장 가는 일 때문에 갈등이 커졌고 결국 수현의 아버지가 담판을
짓겠다며 당구장 주인을 찾아간 일도 있었다.

평소와 달리 당구장에서만큼은 특히 친구들이 수현이를 '애늙
은이'로 불렀는데, 어찌나 친구들에게 자꾸만 뭘 하지 말라고 잔소
리를 하는지 질릴 정도였다. 친구들은 그런 불만을 애늙은이라는 별
명으로 부르며 삭였다. 아무래도 당구장에서는 불량한 행동을 할 만
한 유혹이 많았을 텐데, 친구들의 그런 행동이 수현의 눈에는 그냥
넘어갈 만한 것이 아니었다. 외모를 보면 대학생이라고 착각할 만큼
다 큰 아이들이었지만 자신들이 아직 고등학생이라는 것을 잊으면
안 된다는 게 수현의 생각이었다.

누가 뭐라고 해도 자기 기준에서의 상식을 지키는 게 옳다고
믿었던 수현의 이런 성향은 때론 너무 확고해서 친구들이 불편해하
기도 했다. 하지만 무작정 고집을 피우는 게 아니라 나름의 이유를
논리적으로 차근차근 설명하곤 했기에 불편해도 수현이 앞에서는

다들 별말을 하지 않았다. 그렇다고 친구들이 수현을 싫어한 것은 아니었다. 무엇보다 사심이 없고 베푸는 걸 좋아해 늘 주변에 친구가 끊이지 않았다. 수현은 잘 놀기도 했지만 그러면서도 늘 다른 사람에게 도움 되는 사람이 되고 싶어 해서 많은 친구가 실제로 수현의 도움을 받기도 했다. 본인의 종교를 불교라고 소개하곤 했던 수현은, 어릴 때부터 자신이 남보다 힘이 세고 더 나은 조건에 있기 때문에 자신보다 못한 처지에 있는 사람들에게는 도움을 주고 그래서 함께 나아갈 수 있도록 해야 한다는 믿음 같은 게 있었다.

한 번은 수현의 아버지가 등산 갈 때 즐겨 입던 파란색 오리털 점퍼가 갑자기 보이지 않아 수현의 어머니가 한참을 찾았던 일이 있었다. 아무리 찾아도 없어서 혹시나 하는 마음에 수현에게 물었더니 태연한 표정으로, "아 그 점퍼요? 요 앞에서 군고구마 팔고 있는 친구랑 딱 마주쳤는데 너무 추워 보여서 빌려줬어요." 라고 답하는 것이었다. 그래서 "아빠가 얼마나 좋아하는 점퍼인지 알지? 그러니 꼭 돌려받아야 한다." 고 하니 알았다고 하더니 얼마 후 받아왔는데 점퍼 소맷부리가 불에 눌어붙어 있었다. 군고구마를 팔다 보니 불을 가까이할 일이 많았을 테고 그러다 불길에 그 부분이 닿은 모양이었다. 수현의 어머니는 궁리 끝에 그 점퍼를 버렸다. 수현이가 나쁜 마음으로 그런 것도 아니고 친구 돕겠다고 한 일인데 야단 칠 일도 아니지만 그렇다고 아버지가 알게 되면 또 혼날 수도 있는 일이니 모른 체 하기로 했다. 이후로 수현의 아버지는 등산하러 갈 때마다 한

참 동안 그 점퍼를 찾으며 아직도 못 찾았냐고 물어봤고 그때마다 수현의 어머니는 귀신이 곡할 노릇이라며 도대체 어디 있는지 모르겠다며 시치미를 뗐다.

수현이 군고구마를 파는 친구에게 아버지의 점퍼를 가져다주려고 한 데는, 그 자신이 이미 여러 아르바이트를 경험하며 느낀 바가 있어서이기도 했다. 수현은 고등학교 때부터 여러 아르바이트를 하며 학업을 병행했다. 집안 사정이 어려운 편은 아니었지만 부모에게 신세를 진다는 생각이 싫었고 자신이 필요한 돈은 자신이 벌어야 한다는 생각이 확고했기 때문이었다.

수현의 부모는 아들이 고등학생이 된 이후로는 뭘 사달라고 조른 적이 없었다고 회상했다.

"딱 한 번 중학교 때 컴퓨터를 사달라고 한 적이 있었죠. 그 이후로는 뭘 사달라고 했던 기억이 별로 없어요. 필요한 게 생기면 어디선가 아르바이트를 구해서 직접 돈을 마련해 해결했죠. 그런 습관은 대학교 때도 계속됐어요. 방학 때 부산 집에 와도 그냥 쉬는 법이 별로 없었고 중고 냉장고를 옮기고 닦는 아르바이트를 비롯해 카페 서빙, 사우나 아르바이트 등 쉬면서 보낸 방학이 없을 정도였으니까요."

수현은 비교적 유복하게 자란 편이었고 돈에 대한 욕심도 크지 않았지만 그렇다고 경제적 자립의 중요성을 과소평가하지도 않았다. 성인이 되어 운전면허증을 갓 땄을 때 아버지 차를 몰고 나갔다가 다른 사람의 차를 긁는 사고를 낸 적이 있었는데 그때도 23만 원 정도의 수리비를 자신이 해결하겠다며 어머니에게 아버지에게는 비밀로 해달라고 부탁했던 적이 있었다. 당시 한국에서는 오렌지족이라는 말이 유행하며 차를 몰고 다니는 젊은이들이 트렌드처럼 주목받았는데 수현과 친구들도 그런 흉내를 내보고 싶었다. 어른이 된 상징처럼 차를 몰아보고 싶어 친구들은 너나 할 것 없이 나이가 되자마자 면허를 땄고 집에 차가 있는 친구들은 돌아가면서 몰래 아버지 차를 몰고 나와 잔뜩 멋을 부리며 돌아다녔다. 그러다 사고를 낸 것이니 수현은 미안하기도 했고 창피해서 자신이 해결하려고 했던 것이고, 어머니는 걱정이 돼 학생이 무슨 돈이 있냐며 해결해주겠다고 했지만 한사코 거절하고 결국 자신이 아르바이트를 해서 해결한 것이었다.

수현의 아버지는 수현의 교육에 대해 전반적인 것은 아내에게 맡겨두는 편이었지만 대학에 대해서만큼은 구체적으로 세세하게 조언했다. 본인이 대학 졸업을 단념할 수밖에 없었던 아픔이 있어서 아들만은 꼭 자신이 원하는 대로 교육받게 하고 싶었다. 대입 시험이 다가오자 가족들 모두가 긴장하기 시작했고 수현이 고3이 되어 대입 모의고사를 칠 때마다 아버지는 그 결과에 큰 관심을 보였다.

과목별 점수와 상대값, 편차 등을 일일이 확인하고 메모를 해서는 직접 서점에 가서 대학 진학 전문지를 옆에 두고 아들의 진학을 준비할 정도였다. 그러면서 아들과 진학 문제에 대해 많은 대화를 나누었다. 수현도 아버지의 진심을 알 수 있었다. 두 사람의 표정이 그 이상 진지할 수가 없었다.

일반적으로 고3 학생들은 학교의 진로지도 선생님과 상의한 다음 응시할 대학을 결정하는데 수현의 경우는 아버지와 먼저 상의한 뒤 어느 정도 가닥을 잡은 상태였다. 수현이는 문과와 이과로 갈리는 고2 때 문과를 선택했기 때문에 그 안에서 정치경제 방면과 문학 방면 중 어느 쪽을 택할 것인지 아버지와 의견을 교환하며 고민 중이었다. 아버지는 사회에 나가면 아무래도 경제 분야가 더 도움이 되지 않겠느냐고 권했고 수현이도 아버지의 의견을 받아들여 구체적으로는 무역학과로 전공을 선택했다. 꼭 일본을 생각했던 것은 아니지만 이때부터 세계관과 문화가 다른 외국과의 교류에 큰 관심을 갖게 되었다.

수현은 대입 시험이 얼마 남지 않은 고등학교 3학년 가을부터 눈에 띄게 진지해졌다. 한 번은 수현의 어머니가 야간자율학습을 마친 수현이를 학교 앞에서 기다렸다가 차로 데리고 온 적이 있는데 운전하다가 자기도 모르게 욕이 나왔던 적이 있었다고 했다. 그러자 수현이가 말했다.

"엄마, 그래 봐야 저 사람한테는 들리지도 않을 텐데 욕을 왜

해? 엄마한테만 해로워요."

어머니는 그날을 떠올리며 말했다.

"수현이는 다른 건 몰라도 정말 남 욕할 줄은 모르는 아들이었어요. 수현이는 나쁜 사람을 보면 욕하기보다 오히려 불쌍하다고 여기는 아이였습니다. 나름의 반항도 하고 성적 때문에 걱정도 됐지만 그런 아들이었기에 기본적으로는 신뢰할 수가 있었죠."

그 말처럼 이때부터 수현이가 공부에 집중하던 모습은 가족들의 눈에도 놀라울 정도였다. 그토록 좋아하는 밴드 활동도 단호히 접고 매일 자정이 넘어서까지 하루도 쉬지 않고 공부했다. 수현이가 다니던 고등학교도 좋은 학교여서 교사가 매일 밤 10시 넘는 시간까지 교실에 남아 학생들의 자율학습 공부를 지켜 봐주고 질문에 응하며 학생들의 공부를 도왔다. 당구와 기타로 가득했던 고등학교 시절이었는데 불과 반년 만에 엄청나게 공부하더니 결국 수현은 재수나 삼수를 하지 않고 단번에 고려대학교에 합격했다.

그렇게 다양한 방식으로 세상과 만나고 몸과 마음도 빠르게 성장하면서 새로운 세계에 눈을 떠가며 수현은 중고등학교 시절을 보냈다. 수현의 친구 성훈은 수현과 함께 보낸 중고등학교 시절을 돌아보며 말했다.

"우리는 뭐든 누구보다 먼저 해보고 싶어 했고 에너지가 많았어요. 또 서로 잘못한 일이 있거나 해서는 안 되는 일에 관심을 보이

면 설사 목소리를 높이며 다투더라도 진심으로 조언을 아끼지 않았
죠. 바르게 생각하고 멋지게 행동하고 싶어 했어요. 우리 스스로에
대한 자긍심이 높았죠. 헤어스타일이나 복장까지 깔끔하게 서로 맞
춰 입고 다녔던 우리는 누가 뭐라 해도 그 시절 정말 최고로 멋졌습
니다. 눈빛만 봐도 서로 뭘 생각하는지 알 수 있을 정도였어요. 그
시절을 그렇게 멋지게 함께 보낸 친구가 지금은 곁에 없다는 사실이
20년이 지난 지금도 너무 분하고 억울해요. 아마 평생 이 안타까운
마음은 없어지지 않을 것 같아요."

5장

벌거벗고 풍덩

수현은 1993년 3월, 고려대학교 경상대학 무역학과에 입학했다. 수현은 이제까지는 청소년이었기 때문에 한계가 있었던 자신의 호기심을 마음껏 채워보리라 다짐하며 무척 기뻐했다. 부모님은 당시 고려대학교가 학생시위로 유명한 학교여서 걱정이 많았다. 특히 수현이가 워낙 호기심이 강한 아이이고 한 번 무언가에 빠지면 열정적으로 파고드는 타입이라 더욱 그랬다. 하지만 수현이는 그런 얘기가 나올 때마다 걱정하지 말라며 부모님을 안심시켰다. 정치적인 이야기는 원래 잘 하지 않는 편이기도 했고 성격이 워낙 낙천적이어서 불평이나 불만도 거의 얘기하는 적이 없었다. 비판보다는 낙관이 수현이의 성격에 맞았기 때문에 걱정했던 것처럼 데모는 하지 않았는데, 대신 대입 준비하느라 잠시 손에서 놓았던 기타를 다시 잡고 고등학교 때와는 비교가 안 될 만큼 열정적으로 빠져들기 시작했다.

입학하고 얼마 지나지 않아 수현이가 통화하며 넋두리를 한 적은 있었다. 대학생들이 MT 가서 억지로 술 먹이는 문화는 도저히 이해를 못 하겠다는 것이었다. 신입생 환영파티라는 명목으로 신입생들에게 술을 먹이고 거칠게 다루는 문화였다. 전통이라는 이름으로 강요하니 신입생들 입장에서도 참는 수밖에 없었다. 그러니 연거

푸 마셔야만 했던 신입생들은 대체로 만취해서 밤새 토하거나 힘들게 된다. 이미 시작할 때부터 그런 일이 당연하게 일어날 것이라는 듯, 주위에는 언제라도 토하면 받을 수 있게 양동이들이 쭉 늘어서 있었다. 수현은 얼굴을 찌푸렸다. 불합리한 일에는 단호하게 문제를 제기하는 수현이었기에 이때도 역시 선배들에게 대들고 말았다. 싫어하는 사람에게 왜 억지로 먹이느냐는 논리였다. 그래서 선배들은 수현이를 건방진 신입생으로 낙인찍어 눈총을 주기 시작했다. 결국에는 수현도 실컷 술을 마시게 되었고 흠뻑 취해 기억이 끊겼는데, 이후 분이 풀리지 않았는지 MT에서 돌아와 며칠쯤 지났을 때 학교 게시판에 장문의 글을 올리기도 했다. 이런 문화는 정말 지양해야 한다는 요지의 글이었다. 수현은 멀리 있는 이념이나 정치적인 일보다는 눈앞에서 일어나는 부조리에 구체적으로 저항하는 편이었다.

대학교 3학년 때는 학교 교문 근처에서 한 학생이 자전거로 지나던 노인을 치는 사고가 일어난 적이 있었다. 노인은 쓰러져서 움직이지 못하고 있었고 학생들은 서로 눈치만 볼 뿐 아무도 어떻게 해야 할지 몰라 그대로 있는데 수현이 이 모습을 발견하고 달려가 쓰러진 노인을 업고 병원으로 달렸다. 그때도 수현은 다음날 대학교 게시판에 대자보를 붙였다.

"왜 이런 사고가 났는데 모두들 잠자코 보고만 있는 건가! 1초라도 빨리 움직이는 게 당연한 것 아닌가!"

대학에 진학하면서부터 수현은 처음으로 가족과 떨어져 혼자

만의 삶을 살기 시작했다. 가족이 있는 부산을 떠나 캠퍼스가 있는 충청도 조치원에서 지내기 시작했는데 그곳은 수현이 살았던 부산에서는 자동차로 5시간쯤 떨어진 곳이었다. 그래서 이후 가족과는 자주 만나지 못했는데 그렇다고 수현이 자주 전화를 걸어 살갑게 일상생활을 보고하는 타입도 아니었다. 자주 전화를 걸어 수다를 떨거나 어떻게 지내는지 상세하게 얘기하는 일은 거의 없었고 대신 가끔 집에 오면 이제 술을 마셔도 되는 나이가 되어 아버지와 둘이 술잔을 주고받으며 이런저런 이야기를 나누곤 했다. 수현의 아버지도 술을 즐기는 편이었는데 이제 아들과 공식적으로 대작할 수 있게 되니 잘 커 준 아들이 대견하고 아주 기뻤다. 고등학교 때까지 술을 입에 댄 적 없었던 수현이었지만 대학생이 되고 나서는 자신이 술을 즐기는 타입이라는 걸 알게 됐고 실제 주량도 셌다.

수현은 운동도 열심히 했다. 수영과 자전거를 특히 좋아했고 그 외에도 농구, 테니스, 스킨스쿠버까지 운동에는 거의 만능이었다. 운동을 좋아하던 수현의 자취방에는 당시 대단한 인기를 끌고 있었던 NBA 농구선수 마이클 조던의 대형 사진이 붙어있었다. 전역 후 대학교 2학년 때 복학하면서는 산악자전거도 시작했는데 한 번 빠져들고 나더니 이후로는 차로 이동해야 할 만큼 먼 거리도 대부분 자전거로 다녔다. 그러다가 한 번은 가파른 산길에서 내려오다 넘어진 적도 있었다. 내리막길에서 그렇게 속도를 내면 위험하다고, 크게 다칠 수도 있다고 친구가 경고하자 당시 수현은 이렇게 답했다.

"영화 〈E. T. 〉 봤어? 거기 나오는 유명한 장면 있잖아. 나는 가파른 언덕을 자전거로 내려오다 보면 자전거째로 하늘로 훨훨 날아갈 것만 같은 기분이 들어."

당시 친구 성훈은 수현이가 자전거로 산을 탄다는 얘기를 듣고 미쳤냐는 반응을 보이기도 했다. 그랬던 성훈이 시간이 지나 산악자전거를 '미친 듯' 타게 되고 지금은 수입 자전거와 캠핑용품 등을 판매하는 복합전문매장을 운영하며 직업으로까지 삼게 되었다는 건 또 하나의 인생의 아이러니다. 당시에는 성훈뿐 아니라 많은 친구가 수현이를 이해하지 못했다. 산악자전거로 전국일주를 하겠다는 수현에게 누가 시킨 것도 아닌데 왜 그렇게 힘든 일을 자진해서 하는 거냐고 타박하곤 했다. 그런데 시간이 지나고 보니 이제는 많은 친구들이 그때의 수현이처럼 산악자전거를 타고 있다. 신기한 일이라며 성훈이 말했다.

"그때 같이 했었더라면 참 좋았을 텐데 아쉬워요. 당시만 해도 우리는 자전거에 대해 전혀 몰랐는데 수현이 혼자만 타고 다녔으니까요. 수현이 영향 때문만은 아니지만, 우연히 이후 저도 자전거를 타게 되면서 그 매력에 푹 빠지게 됐고 수현이를 이해하게 됐죠. 지금이라면 제가 훨씬 더 잘 타게 되었으니 수현이를 많이 놀렸을 텐데요."

성훈은 실제로 수현이를 놀리는 상상을 한 것처럼 잠깐 장난스럽게 웃었다. 그러더니 한참 먼 곳을 바라보다가 표정이 바뀌면서 말을 이었다.

"수영, 스쿠버다이빙, 산악자전거, 등산, 캠핑, 여행... 운 좋게도 저는 어릴 적 친구랑 취미도 거의 비슷했어요. 지금도 그런 액티비티를 누릴 때마다 그립고 생각이 나요. 수현이는 제 꿈에 자주 나타나요. 같이 캠핑도 가고 수영도 하죠. 온 동네를 돌아다니며 이야기를 나누기도 하고요. 20년이 지났는데 지금도 그래요. 며칠 전에도 희한한 꿈을 꿨는데 수현이 집에 갔더니 수현이가 가족들과 함께 아무렇지 않게 웃으면서 있는 거예요. 어찌 된 영문인지 깜짝 놀라서 움직이지도 못하고 서 있으니까 수현이가 가만히 손가락을 자기 입술에 갖다 대면서 특유의 장난기 어린 표정으로 '쉿!' 하더라고요. 자기가 살아있는 걸 알면 세상이 뒤집어질 수도 있으니까 조용히 하라면서, 잠깐 얼굴만 보러 왔다고 하더라고요."

수현은 처음으로 집을 떠나 대학 생활을 시작하면서 씩씩하게 잘 적응해나갔지만, 초반에는 향수병을 앓기도 했다. 당시 친구들에게 보낸 편지에서도 보고 싶다는 말이 눈에 띄게 많아졌다. 수현은 곧 학교에서 술이 세고, 모든 스포츠에 만능이며, 기타를 잘 치는, 그리고 무엇보다 털이 많은 신입생으로 유명해졌다. 일찍이 털프가이라는 별명을 얻었던 수현이다운 일이었다. 털이 많아서 며칠만 면도하지 않으면 동기들은 수현이가 동기인 줄도 모르고 깍듯하게 선배 대접을 하는 일도 잦았다. 길게 기른 머리를 질끈 묶고 늘 가죽점퍼를 입고 다니는 데다 술도 세고 담배도 아주 독한 말보로만 피웠으니 첫인상으로만 보면 쉽게 다가설 수 있는 학생은 아니었다. 그래도 워낙 사람을 좋아하고 또 잘 이끌기도 해서 친구들과 술 한잔 마시는 시간을 무척 좋아했고 시간이 지날수록 인기가 많아져 나중에는 동창회 위원장을 맡기도 했다.

수현이가 특히 좋아하던 술은 당시 유행하던 수입 맥주였다. 그래서 사고 이후 수현의 유골이 부산 집으로 돌아왔을 때, 수현의 어머니가 "네가 좋아하는 맥주다." 라면서 술잔에 맥주를 부어 가져다 놓는 모습을 보며 많은 친구들이 갑자기 울음을 터뜨리기도 했다. 맛있게 맥주를 마시던 수현의 모습이 떠올랐기 때문이었다.

수현이는 담배도 많이 피우는 골초, 이른바 '헤비스모커' 였는

대학 시절 당구장에서 아르바이트 중인 수현의 모습

데 그것도 항상 독한 말보로 레드만 고집했다. 독한 담배라 다른 이들은 그 담배를 피우다가도 바꾸곤 했는데 수현은 계속 그 담배만 고집했다. 대학 시절 친구는 웃으며 그때를 회상했다.

"수현이요? 겉멋도 많았죠. 그 독한 담배를 포기하지 않다니 달리 뭐라고 설명할 수 있겠어요? 그런데 허세만도 아닌 게 실제로

수현이가 말보로를 물고 있으면 아주 가끔은 멋있게 보일 때도 있었어요. 약간 제임스 딘 같은 느낌도 나고."

수현의 대학 생활에서 그래도 가장 먼저 언급해야 할 것은 밴드 활동이었다. 입학 이후 얼마 지나지 않아 학교밴드였던 '무단외박'에 들어갔고 공부와 밴드 활동을 병행하느라 다른 일에 신경 쓸 겨를이 없을 정도였다. 당시 밴드에 넣어주고 함께 잠깐 룸메이트로 지내기도 했던 같은 학과의 선배는 수현이를 예의 바르고 꼼꼼한 후배로 기억하면서도 한편으로는 하얀색 나이트가운을 입고 자던 수현의 모습을 잊을 수 없다고 추억하기도 했다.

"그 나이 또래의 남자 대학생이라면 그냥 팬티만 하나 달랑 입고 자거나, 해봐야 반바지나 추리닝 정도 아닌가요? 그런데 정색하고 하얀 가운이라니... 신기한 녀석이었죠. 하지만 아무리 놀려도 수현이는 별스럽지 않다는 듯 계속 그 가운을 입고 잤어요."

멋 부리는 걸 좋아하는, 폼생폼사의 수현 특유의 젊음은 공연할 때도 잘 드러났다. 수현은 무대 위에서 깁슨 기타를 연주하며 곧잘 말보로 담배를 피우곤 했다. 물론 일부러 그러는 것이었다. 대놓고 로커로서의 허세를 보여주려던 수현을 기억하며 밴드 멤버들은 입을 모아 말했다.

"기타연주를 잘하긴 했어요. 하지만 수현이는 연주보다는 액션에 더 신경을 많이 쓴다고 타박을 듣곤 했죠. 스테이지 매너나 기

무대 위에서는 누구보다 멋있게 보이고 싶었던
수현의 공연 모습

타 치면서 하는 포즈 같은 게 쓸데없이 멋있었어요. 공연하면 제일 튀었죠. 특히 건즈 앤 로지스의 기타리스트 슬래시의 포즈를 많이 연습했어요. 연주나 더 열심히 연습하라고 핀잔을 주면, 다른 멤버들에게도 록 뮤지션에게 무대 위에서 멋있게 보이는 것은 의무라며 너희들이야말로 액션을 좀 더 연습하라고 다그쳤죠."

수현은 인생을 최선을 다해 즐기고 싶어 했다. 물론 수현에게 즐긴다는 의미가, 단순하고 일차원적으로 놀고먹는다는 의미는 아니었다. 수현은 나날이 발전하는, 돌아보며 후회하지 않는 삶을 살고 싶어 했다. 힘들고 고통스럽다 해도 자신이 선택한 길을 후회하지 않겠다는 강한 자신감도 엿보였다. 고난이나 역경이 그만큼 큰 행복과 자긍심의 기반이 된다는 걸 젊은 나이에도 알고 있었기 때문에 기꺼이 받아들일 용기가 있었다. 그런 수현의 가치관은 자신이 직접 만든 홈페이지의 대문 화면에도 잘 드러나 있었다. 당시만 해도 PC통신을 거쳐 인터넷이 막 활성화되려던 무렵이어서 직접 홈페이지를 만든다는 것은 쉽지 않은 일이었고 대단히 선구적인 일이었다. 수현은 개인 홈페이지를 만들고 대문 화면에 이렇게 썼다.

"저는 최대한 인생을 즐기며 살고 싶습니다.
즐긴다는 게 맨날 논다는 뜻이 아니라
일을 해도 공부를 해도 즐겁게 하고,
되도록 제가 하고 싶은 것을 할 수 있을 때 하며,
언제든지 뒤돌아서면 후회 없는 생활을 하고 있는,
그런 저를 만들어가려고 노력하고 있습니다.
물론 살아가면서 안 될 때도 있고 힘든 날도 있겠지만
그까짓 것 때문에 피해 가고 뒤로 물러서고 싶지는 않습니다.
그 고난과 역경도 저의 인생의 한 부분이기 때문이죠.
언제든지 받아들일 준비가 되어있고
헤쳐나갈 용기가 있습니다."

입학 이듬해인 1994년에, 수현은 부친의 권유에 따라 군에 입대했다. 이른 감이 없지 않았지만, 수현의 아버지는 기왕 가야 하는 군대라면 일찍 다녀오는 게 좋겠다고 생각했다. 집단생활도 해보고 군대에 다녀오면 한결 성숙해져서 그야말로 진짜 어른, 진짜 남자가 될 것이라고 했다. 어릴 때부터 아버지 말을 잘 따랐던 수현이었다.

"알겠어요, 아버지. 그래도 고등학교와 입시 준비에서 갓 해방되었는데 바로 군에 입대하는 건 너무 한 것 같아요. 1학년만 마치고 바로 갈 수 있도록 준비할게요. 괜찮죠?"

그렇게 약속대로 1학년을 마치고 입대한 수현은 2년 뒤 건강하게 군 복무를 마치고 전역했다. 어머니는 한층 늠름해진 아들의 모습이 든든하고 자랑스러웠다.

"과연 제대하고 나니 수현이의 많은 점이 달라져 있었어요. 하나 예를 들면 원래 수현이는 비린내 때문에 생선을 아예 못 먹었어요. 어릴 때 도시락에 멸치 같은 걸 싸주면, '엄마, 이 눈 좀 보세요. 불쌍해서 못 먹겠어요.' 라고 했던 기억도 나요. 그랬던 수현이가 제대하고 돌아오더니 아예 음식을 가리지 않는 거예요. 주는 대로 다 잘 먹는 게 신기하더라고요. 제가 막 웃으면서 많이 변했다고 놀리니까 군대에서 편식했다가는 쫄딱 굶어야 하는데 안 변하고 배기겠냐면서, 자기도 이제는 음식 귀한 줄 아는 사람이라고 의기양양한 표정을 짓던 게 생각나네요."

대학 진학 이후 군대까지 다녀온 아들이 날이 갈수록 멋진 어른으로 성장하고 있다는 게 어머님의 눈에는 확연히 보였다. 그 눈부신 성장이 대견하고 듬직해 보였다. 신윤찬 여사는 아들이 정말 자랑스러웠고 고마웠다.

전역한 뒤 수현은 바로 복학하지 않고 잠시 휴식기를 가지며 삶을 재정돈하고 새롭게 계획하기로 했다. 군대 문제도 해결됐으니 이제는 정말로 사회에 나갈 준비를 해야 할 시기였다. 그동안 소원

했던 친구들과의 관계, 미뤄두었던 공부, 그 밖의 모든 중요한 것들에 자신의 모든 것을 쏟아부어야 할 시기라고 생각했다. 전역 직후에는 군대에 앞서거니 뒤서거니 하며 다녀온 어릴 적 친구들과 오랜만에 제주 여행을 떠나 함께 회포도 풀었다. 돌아보면 가장 기억에 남는 여행이었다고 당시 함께 여행을 갔던 정성훈은 회고했다. 이제는 어른이 된, 하지만 미래가 여전히 불안하기만 한 청춘들이, 어릴 때와는 또 다른 마음으로 서로에게 기대며 서로를 마음으로 응원하기 시작한 무렵이었다.

친구 정성훈이 아직도 간직하고 있는 수현이 관련 자료들 속에는 8mm 테이프를 넣어 캠코더로 찍은 영상이 하나 있다. 모두가 대학생이었던 시절, 군에서 제대한 해의 여름방학이었다. 수현, 성훈, 상태 이렇게 세 친구가 함께 제주도로 여행을 갔더랬다. 그 여행 중간중간 찍은 동영상들이 지금도 지글대는 저화질의 영상으로 남아 있는데 그 속에서 수현이는 친구들에게 편하게 욕도 하고 기분 좋은 듯 장난도 치며 아이처럼 신이 나 있다. 성훈은 오랜 시간 동안 꺼내 보지 못하던 이 영상을 2019년에 수현의 아버지 건강이 많이 안 좋아졌을 때 다시 찾아내 새롭게 편집했다. 수현의 부모님께 보여 드려야겠다고 마음먹었던 것이었다. 그전에는 화면 속에서 살아 움직이는 아들의 모습을 보면 더 생각나고 마음이 슬퍼질까 염려되어 일부러 안 보여드렸던 영상이었다.

"마지막까지도 망설였어요. 괜히 보여드리는 게 긁어 부스럼이라는 말처럼 아픈 상처를 다시 건드리는 꼴이 되지는 않을까 고민하다가 결국은 보여드리기로 마음먹었죠. 돌아보면 그때 보여드리기를 잘한 것 같아요. 아버님께서 그리운 아들 곁으로 가시기 한 달쯤 전에 병문안 가서 보여드렸거든요. 그럴 수 있어서 참 다행이라고 생각해요."

당시 이미 기력이 많이 없어진 수현의 아버지는 주변을 잘 못 알아보실 정도였다.

"아버님, 영상 보니까 좋으시죠? 수현이가 움직이고 있어요."

"이 아이가 누구라고?"

"수현이에요."

"… 그래, 수현이구나. 좋네."

수현의 아버지는 아들의 친구 성훈과 이런 대화를 나눈 뒤 한 달이 채 되지 않아 아들 곁으로 떠났다. 2019년 3월의 일이다.

그 영상 속에서 세 친구는 영원히 그럴 것처럼 깔깔댄다. 제주 함덕해수욕장은 이미 해가 진 지 오래라 사위는 어둑하지만, 기운은 밝기만 하다. 수현과 성훈, 상태는 밤바다를 걷다 약속이라도 한 듯 서로의 얼굴을 마주 보더니 훌렁훌렁 옷을 벗기 시작하고 실오라기 하나 없이 완전히 벌거벗은 몸으로 물속으로 들어간다. 제주의 밤바다에서 알몸으로 한참을 수영했던 그날 밤의 풍경. 친구 성훈이 수현을 추억할 때, 희한하게도 늘 가장 먼저 떠오르는 장면이다.

세 친구는 모두 수영을 아주 잘했다. 수현은 키가 170cm 정도로 큰 편은 아니었지만 몸이 단단했고 북극곰 수영대회에도 두 번이나 나갔을 만큼 물놀이를 좋아했다.

해운대 해수욕장에서 열린 북극곰 수영대회에서 친구들과 함께

그래서 친구들끼리 장안사나 배내골, 밀양 솔밭 등으로도 자주 캠핑을 다녔다. 특히 양산 서창 가는 길목의 명곡으로 캠핑 갔을 때는 그 계곡물이 내려오는 웅덩이에서 정말 즐겁게 물놀이를 했었다. 지금은 상수도보호구역이라 못 들어가는 그곳에서, 당시 수현과 친구들은 다이빙하는 걸 좋아했다.

스노클링 하는 사람이 거의 없었던 그 당시에 이미 수현과 친구들은 장비를 모두 가지고 있었을 만큼 마니아이기도 했다. 세 친구는 제주에서 스노클링도 하고 아주 먼 바다까지 나가 수영도 했다. 요즘은 야간수영을 금지하고 있지만 당시 제주의 해변에는 그런 금지조항이 없어서 밤에 더 많이 수영했다. 사람이 없어서 더 마음껏 놀 수 있었다. 완전히 벌거벗고, 수영복을 팔에 끼고 수영했던 그 기억은 지금 떠올려봐도 너무 좋다.

당시 제주 여행에서 돈 관리를 맡았던 성훈은 갑자기 팥빙수를 먹자고 제안하던 수현이의 모습도 떠올린다. 실컷 수영하고 나와 해변에서 맥주도 한 캔씩 마시고 난 뒤였다. 성훈이 회비를 아껴야 해서 안된다고 했더니 자기는 팥빙수가 너무 먹고 싶어 참을 수 없다며, 그럼 개인 돈으로 사 먹겠다고 고집을 피우는 것이었다. 그렇게 옥신각신하다 결국 셋은 우유를 부어서 먹는 기성품 팥빙수를 먹는 것으로 합의를 봤다. 성훈에게 수현은 그렇게, 늘 자기 주관과 고집이 강했지만 적당히 타협할 줄도 알고 전체의 분위기를 해치지 않도록 아우를 수도 있는 친구였다. 이때의 추억은 이후로도 오랫동안 수현이가 떠나기 전까지 빠지지 않고 술자리의 안줏거리로 소환되었다. 친구들이 수현이를 놀릴 때마다 이 에피소드를 언급했는데, 2000년 12월에 친구들과는 마지막 술자리가 된 그 자리에서도 친구들은 이 에피소드를 언급하며 수현이를 놀렸다. 일본에서는 팥빙수많이 사 먹으라면서.

성훈은 수현을 떠나보낸 뒤부터 아이들의 아빠가 된 지금까지도 매년 제주에 간다. 제주에 도착하면 항상 가장 먼저 찾는 곳도 함덕이다. 도착하면 늘 수현이가 기다리고 있는 것만 같은 기분이 든다. 그래서 함덕에 도착하면 늘 본인만이 알고 있는 의식을 행한다. 바다를 바라보며 수현에게 인사하는 것이다.

"수현아, 나 왔다."

속으로 말하며 함께 놀던 바다를 바라본다. 그러면 수현이가 그때처럼 말하는 것 같다.

"성훈아, 우리 저기 수영금지 부표까지만 갔다 오자. 준비됐나?"

6장

나의 최고 보물은

'나의 최고 보물은 가족입니다'

수현이 자신의 미니홈피에 남긴 글 제목이다. 이 글은 제목 아래 다음과 같은 본문으로 이어진다.

"저의 사랑하는 부모님 사진입니다. 여행을 좋아하셔서 주말마다 두분이서 여행을 가지요. 너무 귀엽지 않아요? 또 다른 사진입니당~~ 제주도에 여행가셨을 때 사진일걸요? 모르죠. 같이 안 가서. 우리 부모님은 갈수록 젊어지는 것 같아요... 전 갈수록 늙고요... (이러다가 비슷해지면..??)"

수현은 자신의 최고 보물이 가족이라고 자신 있게 선언할 만큼 가족에 대한 사랑이 지극했다. 1남 1녀의 장남이었던 그는 여동생과도 사이가 좋았지만 어린 시절 대가족의 사랑을 듬뿍 받으며 자란 탓에 기본적으로 주변 사람들에게 다정다감하고 사랑이 많았다. 동생에게는 독학으로 배워 홈페이지를 직접 만들 만큼 수준급이 된 컴퓨터를 가르쳐주기도 하고 친구처럼 장난도 많이 치며 지냈다. 여느 남매처럼 다투는 일도 거의 없었다.

"오빠는 늘 즐거운 사람처럼 보였어요. 돌이켜보면 화내거나 짜증 내는 걸 거의 본 적 없는 것 같아요. 제가 좀 짓궂게 장난쳐도 잘 받아줬고요. 가끔 뭘 물어보면 잘 가르쳐주긴 했지만 그렇다고 먼저 조언을 하거나 권위적으로 이래라저래라하는 스타일은 아니었어요. 그런데 저랑은 친구처럼 지냈지만 부모님에게는 마냥 순종적이지만은 않았죠. 고집이 셌고 부모님이 반대해도 결국에는 설득해서 기어코 하는 편이었죠."

여동생 수진은 오빠를 그렇게 기억했다. 수현은 실제로 사춘기 때는 아버지와 갈등이 많기도 했다. 수현이와 두 살 차이 나는 여동생 수진은 2021년인 지금은 어느새 17살(고1) 아들과 11살(초4) 딸, 이렇게 두 아이의 엄마가 되었다.

"오빠가 태권도 하던 모습이 어린 저에게 참 멋져 보였어요. 그런 기억 때문에 저도 대학 때 태권도 동아리에 들어갔죠. 거기 들어가면 오빠처럼 멋진 사람도 많을 것 같아 기대했는데 막상 멋진 사람은 많지 않았지만… 지금의 남편을 만났죠."

그렇게 말하며 수진은 웃었다. 어릴 적 오빠의 멋진 모습을 기억하는 수진은 나중에 아들을 낳으면 꼭 오빠처럼 태권도를 시켜야겠다고 생각했다. 지금 수진의 아들은 태권도를 잘한다.

수현의 어머니 신윤찬 여사는 충청북도의 한 농사짓는 집안에서 2남 3녀 중 장녀로 태어났다. 집안 형편이 어려워 공부를 더 하고 싶었지만 17살 때부터 병원에서 간호하는 일로 사회생활을 시작해야만 했다. 신윤찬 여사가 수현의 아버지 이성대 선생을 만난 것은 고향을 떠나 막 부산으로 와서 간호사로 근무하고 있던 어느 날이었다. 당시 이성대 선생은 공무원으로 세무서에서 근무하고 있었는데 사무실이 신윤찬 여사가 일하던 병원 근처에 있었다. 병원 일로 세무서에 자주 가던 신윤찬 여사는 그곳에서 이성대 선생을 자연스럽게 알게 됐다.

이성대 선생이 1939년생, 신윤찬 여사가 1949년생으로 나이 차가 많았기 때문에, 신윤찬 여사는 처음에는 연애 상대로 생각하지 않았다. 아저씨라고 부를 정도였다. 그런데 당시 근무하던 병원 원장이 한번 만나보라며 권했다.

"이성대, 그 사람 참 괜찮은 사람이야. 결혼하려면 그런 사람하고 해야지."

그런 이야기를 몇 번이나 반복해서 듣다 보니 신윤찬 여사의 눈에도 어느덧 이성대 선생이 남자로 느껴지기 시작했다. 특히 어릴 때부터 어머니와 동생들을 돌보아야 했고 집안 형편 때문에 학업을 계속하지 못한 점 등이 자신과 비슷하다고 느껴졌다. 성장 환경이 비슷한 점도 있었지만 무엇보다 이성대 선생은 성실하고 포용력이 큰 사람이었다. 일요일마다 데이트를 하기 시작했고 아직 잘 모르던 부산 여기저기를 돌아다니며 이성대 선생 덕분에 많이 알게 됐는데 그렇게 시간이 흐르는 동안 정이 들고 이런 사람이라면 가난해도 서로 의지하며 잘살아 볼 수 있겠다는 확신이 들었다. 마침내 결혼까지 결심하게 되었는데 막상 집안에서는 나이 차가 많다는 이유로 반대했다. 당시의 신윤찬 여사로서는 열 살 나이 차이가 그렇게까지 심하게 반대할만한 이유인지 잘 이해할 수 없었다.

"그때는 정말 그랬어요. 좋으면 결혼하는 거지, 나이 차가 뭐그리 대단한가 싶었죠. 물론 결혼하고 한참 살아보니 그때 왜 그렇게 아버지가 반대했는지 조금은 이해할 수도 있겠더라고요. 세대가 다르니 아무래도 보고 듣고 느낀 것도 다르고, 연애할 때와는 다르게 그런 게 크게 느껴지기도 했어요."

신혼 초에 한 번은 이성대 선생이 아내에게 스웨터를 선물한적이 있었다. 너무 기뻐서 포장을 풀어보니 색깔이 중년의 아주머니들이나 입을 법한 너무도 수수한 팥색이었다. 실망한 신윤찬 여사는 화를 냈다. 갓 20대 초반인 자신은 밝고 예쁜 옷을 입고 싶었는데 남편이 자기 마음을 너무 몰라주는 게 섭섭했던 것이었다.

"이런 색깔을 누가 좋아한다고 사 왔어요?"

그렇게 함부로 말한 것에 남편도 마음이 상했다. 나이 차이를처음으로 확실하게 실감한 사건이었다.

두 사람은 1973년 4월 6일에 결혼해 부부가 되었다.

신윤찬 여사는 바로 다음 날부터 시어머니와 4명의 시댁 식구들과 함께 살아야 해서 달콤한 신혼 같은 기억은 없다. 당시부터 그대가족이 남편 한 사람의 수입에 의존해서 생활해야 했으니 막 결혼

이성대 선생과 신윤찬 여사의 결혼식 사진

한 어린 신부로서는 경제적으로도, 정신적으로도 힘들었다. 그래서 결혼 후에도 간호사 일을 계속하고 싶었지만, 남편은 자신이 더 열심히 일할 테니 집을 지켜달라고 간청했다. 이후로 쭉 전업주부로 살았다. 지나온 시간을 돌아보며 수현의 어머니는 말했다.

"이십 대 한창나이에 시작한 결혼생활이 기대했던 것과는 달라서 많이 힘들기도 했어요. 겉으로 보이는 것과 달리 누구에게나 사연은 있는 법이죠. 항상 좋았다고 말한다면 거짓말일 테고요. 그래도 지금 돌아보면 속이 깊고 든든한 남편과 멋지고 착한 아들딸과 함께 운 좋게 행복한 삶을 살아올 수 있었다는 사실에 진심으로 감사하고 있습니다."

수현이는 결혼 이듬해에 태어났다. 경제적으로, 또 정신적으로 힘들었던 시기에 아들의 탄생은 신윤찬 여사에게도 큰 힘이 되었고 격려가 되었다. 수현의 부모님은 둘 다 원하는 만큼 충분히 교육을 받지 못한 아픔이 있어서 아이들에게만큼은 최고의 교육을 받도록 해주고 싶었다. 신윤찬 여사는 가난한 농부 집안에서 5남매의 큰딸로 태어났다. 대학에 가서 더 공부하고 싶었지만 고등학교 졸업과 동시에 간호학교에 들어가 수습간호사로 일하며 여동생과 남동생들의 학비를 댔다. 동생들이 없었더라면 자력으로 일해서라도 대학에 진학하고 싶었지만 장녀로서의 책임을 외면할 수 없었다. 이성대 선생 역시 명문 경남고등학교를 졸업하고 대학에 입학했지만, 군에 입대하고 얼마 지나지 않아 부친이 큰 사기를 당하고 병석에 누워 계시다 그만 돌아가시게 되어 제대 후 복학하지 못하고 동생들을 부양하기 위해 곧바로 사회생활을 시작해야 했다. 그래서 1학년만 다니고 중퇴했는데 그때 얼마나 끝까지 공부하고 싶었던지, 평소 점잖은 성격의 선생이었지만 가끔은 아내에게만 분한 얼굴로 털어놓기도 했다. 그런 두 사람이었기에 결혼 이후 아이는 많이 낳지 말고 둘만 낳아 모두 최고의 교육을 받게 하자고 합의했다.

수현의 부모는 생활이 넉넉지 않을 때도 교육에 대해서만큼은 돈을 아끼지 않았다. 수현이가 중학생 때 컴퓨터를 갖고 싶다고 말했을 때도, 앞으로는 반드시 컴퓨터를 잘 다뤄야 할 거라며 거금을 들여 서슴없이 사주었다. 거의 컴퓨터를 사용하는 사람이 없었고 보급도 안 되던 시절이었다. 수현은 덕분에 일찍부터 컴퓨터에 친숙했고 앞서 말한 것처럼 본인이 직접 홈페이지를 만들고 운영할 정도로 잘 다루었다. 일본에서 아르바이트를 구할 때도 컴퓨터 능력이 많은 도움이 되었다. PC방에서 아르바이트를 할 때 사람들은 컴퓨터 때문에 곤란한 상황이 되면 늘 가장 먼저 수현을 찾았다. 수현은 그때마다 상냥하게 알려주곤 했다.

수현이가 태어나고 2년 뒤에는 동생 수진이가 태어났다. 수현과 수진 남매는 어릴 때부터 싸우는 일이 거의 없이 사이좋게 자랐다. 수현이는 동생을 많이 아꼈고 무슨 일이 있을 때마다 상담도 잘해주고 조언도 해주었다. 남매라기보다 친구처럼 지냈다. 뭔가 부탁할 일이 있을 때만 정색하거나 애교를 부리며 오빠라고 제대로 불렀는데 그런 경우는 손에 꼽을 정도였다.

수현이의 고교 시절에는 남매 둘이서 자주 농구를 했다. 집 근처에 교육청 연수원 운동장이 있어서 그곳 농구장에서 슛을 주고받곤 했다. 수현은 늘 몸 단련하는 걸 좋아해서 집에서도 잠깐씩 짬을 내 아령 운동을 하거나 다리에 모래주머니를 달고 복근 운동을 하기도 했다.

수현이가 고등학교 1학년 때 가족여행으로 스키를 타러 간 적이 있었다. 부산에는 눈이 거의 오지 않기 때문에 눈 구경도 할 겸 가족 모두 전라북도에 있는 무주스키장으로 향했다. 동계 유니버시아드대회가 열린 곳이었다. 가족 모두 스키를 타보는 게 처음이어서 다 같이 스키를 빌린 다음 완만한 초보 비탈에서 연습하는데 수현이 성에 안 차는지 산꼭대기에서 타보고 싶어 안달이었다. 그곳은 가장 잘 타는 사람들이 타는 슬로프였다.

"엄마, 정 안되면 그냥 앉아서 슬슬 미끄러져 내려와도 되겠지?"

그러더니 리프트 쪽으로 갔다. 수현의 가족은 위험할 게 뻔한데 도대체 왜 저러나 싶어서 불안해졌다. 저 멀리, 저 위로 올라간 수현은 예상했던 것처럼 겁 없는 활강을 시작했다. 아무리 운동신경이 좋다고 해도 그렇게 갑자기 최고 단계로 올라갈 수는 없는 노릇

위) 수현과 수진 남매의 어린 시절

아래) 수현 가족의 스키여행 사진

이었다. 산꼭대기에서부터 넘어지더니 내려오는 내내 넘어지고 일어나기를 반복했다. 걱정하는 가족 곁으로 돌아온 수현이는 엉망진창의 모습이었지만 눈빛에는 즐거움이 가득했다.

"거친 숨을 내쉬면서 즐거워하던 아들의 모습을 보면서 사내아이들은 다 이런 걸까, 생각했어요. 왜 이렇게 위험한 일을 좋아하는 건지 한숨이 나왔죠. 다행히 어디가 부러지거나 다치진 않았지만 태어나서 처음 간 스키장에서 가장 높은 곳으로 올라가 활강한다는 게 마냥 용기 있는 모습이라고 하기에는 좀 무모해 보이기도 했죠. 그런 젊음의 무모함이랄까, 대담함이랄까... 아무튼 수현이의 모습을 잘 보여주는 일화라고 생각해요."

신윤찬 여사는 반사적으로 선로에 뛰어들었을 수현의 모습을 떠올렸을 때, 당시 스키장에서의 수현의 모습이 함께 떠올랐다고 했다.

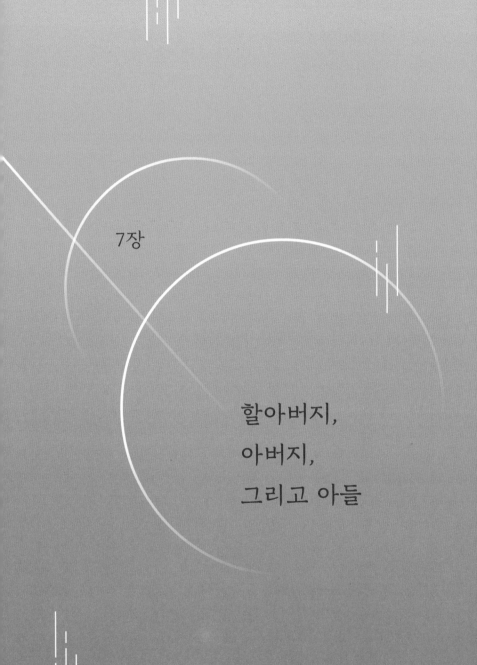

7장

할아버지,
아버지,
그리고 아들

수현의 아버지 이성대 선생은 1939년 오사카에서 태어나 1944년에 여섯 살 되던 해, 부산으로 이주했다. 어린 시절 일본에서 살았기 때문에 일본어도 할 줄 알았지만, 곧 다 잊어버리고 말았다. 당시는 해방된 지 얼마 지나지 않아 여전히 일본에 대한 감정의 앙금이 많이 남아있어 암묵적으로라도 눈치가 보여 일본어를 쓸 수 없던 시절이었다. 대신 나중에 수현이의 일로 일본에 방문할 일이 잦아진 뒤 어머니 신윤찬 여사가 일본어를 공부하기 시작해 이후 인사말과 기본적인 회화 정도는 어느 정도 구사하게 되었다.

수현의 할아버지, 즉 이성대 선생의 부친은 경상도의 한적한 산골에서 태어나 강제징용으로 일본에 끌려가 탄광에서 일했고 이후 만년필 공장에서 일하다 귀국하여 가족을 건사하다 돌아가셨다. 하지만 해방 이후 고국으로 돌아와서도 일본에 대해 나쁜 말은 일절 하지 않았다. 원래 나쁜 이야기는 잘 입에 담지 않는 성격이었는데 이런 품성은 그의 아들인 이성대 선생과 손자인 수현에게도 그대로 이어졌다.

이성대 선생은 성인이 되고 나서는 오랜 시간 세무공무원으로 일했다. 수현은 전반적으로는 부모님 누구와도 성격이 다른 것처럼 보이지만, 가만히 들여다보면 부모님 모두와 여러 구석이 많이 닮아 있었다.

수현 부모님의 젊은 시절 모습

"우선 아무리 내 식구라도 잘못된 건 잘못된 것이라고 칼같이 이야기하고 다른 사람 없는 데서는 그 사람 얘기를 잘 안 하는 점 같은 건 자기 아빠를 쏙 빼닮았죠. 남편은 약속은 반드시 지켜야 하고 법 없이도 살 사람이란 말을 곧잘 들어서 어딜 가나 아파트 회장이니 무슨 모임의 감사니 하는 감투를 늘 달고 살았어요. 그만큼 주변 사람들이 남편을 좋아했고 멘토로도 삼을 만큼 존경하고 따랐죠. 주변에 사람이 많이 따르고 모두가 좋아하는 점은 수현이도 마찬가지였어요. 저는 그런 남편과 아들이 늘 자랑스러웠고요."

신윤찬 여사는 그렇게 말하며, 남편은 아주 꼼꼼한 편이었던 반면 자신은 덜렁대는 면이 많아 젊은 시절에는 그런 성격 차이로 자주 다투기도 했다고 회고했다. 하지만 또 그런 차이가 나이 들어서는 서로 의지하게 되는 요인이기도 했다.

수현이가 아버지와 다른 점이 있다면 훨씬 감성적인 면이 많다는 것이었다. 그런 점은 오히려 어머니를 닮은 편이었고 여동생 수진이 외려 아버지처럼 꼼꼼했다. 수현은 사춘기 때 곧잘 이렇게 말하곤 했다.

"나는 나중에 절대 아빠처럼 안 할 거야. 아들 낳으면 나중에 수영장에도 데리고 가고 잘 놀아줄 거야."

하지만 사춘기가 지나자, 수현은 아버지를 많이 이해하고 또 아버지에게 의지했는데 그러면서 언제 그랬냐는 듯 이런 말도 했다.

"내가 초등학교 다닐 때, 아빠처럼 6년 내내 아들 운동회에 찾아온 사람이 또 있는지 모르겠어."

1980년대, 산업화가 한창이던 당시 한국 사회의 분위기 속에서 아빠들이 아이들이랑 많은 시간을 함께 보낸다는 건 쉽지 않은 일이었다. 그래도 이성대 선생은 기어코 시간을 내 아이들을 데리고 자주 산에도 가고 캠핑도 다니려고 노력했다. 그러면서 짐을 다 챙겨서 도착했다가 비가 많이 와서 근처 사찰로 쫓겨 가기도 하고, 밤에는 뱀이 나타날 수 있다며 아이들과 함께 텐트 테두리에 담배 가루를 뿌리기도 하고, 여름이면 계곡에서 함께 물놀이를 하는 등 실제로도 함께 시간을 많이 보냈다. 그때도 수현이는 아빠가 뭘 하고 있을 때마다 옆에 가서 돕겠다고 나서곤 했다. 지금은 다들 자기 차를 몰고 다니지만 버스도 제대로 안 다니던 그 시절에는 종류도 많고 무겁기도 한 캠핑 장비들을 가족들이 모두 나눠서 지고 버스로 이동해가며 산까지 올라가곤 했었다. 하지만 그런 고생을 함께 한 시간은 가족들이 서로 힘을 합하도록 하고 의지하며 서로를 소중하게 여기도록 하는 좋은 경험이었다. 이성대 선생은 특히 등산을 좋아했고 가족들이 다 같이 어딘가로 가기로 하면 늘 리더로서 모든 계획을 짜곤 했는데 그런 경험들이 수현에게도 영향을 주었다. 수현도 커서 자전거 일주 등 여행을 할 때면 꼭 자신의 아버지가 그랬던 것처럼 꼼꼼하게 계획을 세우고 동선을 짜서 일행을 이끌곤 했다.

등산을 좋아해서 한국의 이름난 산 중에서는 안 올라본 산이 없을 정도였던 수현의 아버지가 수현에게 함께 산에 가자고 먼저 제안한 적이 딱 두 번 있었다. 한 번은 수현이가 막 고등학교에 들어가서 잠깐 말썽을 피울 때였고, 그다음은 고등학교 3학년에 올라가 이제 본격적으로 대입 시험을 준비해야 할 시기였다.

어릴 때부터 언제나 수현이의 가장 좋은 친구였던 아버지는 수현이가 고등학교 1학년이었을 때 작은 말썽을 피우자, 함께 산에 가자고 한 뒤 말없이 묵묵히 산에 오르기만 했다. 자기가 어떤 말썽을 피웠는지 알고 있고 아버지의 성격을 알기에 이번만큼은 야단을 좀 맞겠다고 생각하며 긴장했던 수현은 아무 말 없이 등산만 하는 아버지의 모습을 보고 오히려 더 많이 반성하게 됐다고, 그날 산

경주 가족여행

이성대 선생은 아이들이 어렸을 때
가족과 함께 자주 등산이나 캠핑을
다녔다.

에서 내려와 어머니에게 얘기했다. 작은 말썽을 피운 아들에게 산에 가자고 권했던 때와 달리 고등학교 3학년 때는 자못 상황이 심각했다. 대입 시험이 당장 코앞인데 당시 수현은 당구와 음악에 빠져 성적이 제 기량을 발휘하지 못하고 있던 시기였다. 이때 이성대 선생이 수현에게 등산을 권한 데는 배경이 있었다.

반항기 가득한 고교 시절, 수현의 성적은 날이 갈수록 뚝뚝 떨어졌다. 학생으로서의 궤도를 한참 벗어나 당구에 빠졌고 특별히 비행이라고 할 만한 잘못을 저지르진 않았지만 초등학교와 중학교 내내 우등생이었던 수현의 성적이 눈에 띄게 떨어지자 부모님은 불안했다. 이 시기에 수현이는 학교에서 돌아오면 가방을 던지고 바로 놀러 나가서 한참 늦게 들어와 곧바로 잠들어버리곤 했다. 공부하는 꼴을 보기가 어려웠다. 매일 도대체 어디를 그렇게 돌아다니는 건지 궁금해서 물어보니 자기 입으로 순순히 당구에 빠졌다고 고백하는 것이었다. 수현이는 무엇이든 한 번 빠지면 끝을 보는 성격이었다. 자기가 완전히 그것을 장악했다고 느낄 때까지 탐구하고 빠져드는 타입.

수현은 점점 더 심하게 당구에 빠져들어서 이제는 학교에서 집에도 들르지 않고 바로 당구장으로 직행하는 일이 잦아졌다. 고등학생이 된 아들을 손찌검하거나 소리를 지른다고 해결될 일이 아니었다. 부모님은 그저 아들을 믿고 관망할 수밖에 없었다. 그러던 어느 날, 아버지의 인내심이 한계에 다다랐다. 수현이 학교 마칠 시간이 한참 넘었는데도 소식이 없다가 새벽 1시가 넘은 시각에 집에 온 것이었다. 현관에서 아버지가 소리를 질렀다.

"도대체 이 시간까지 뭐하고 돌아다니는 거야?"

그러자 수현이가 아무 대답도 하지 않더니 그대로 뒤돌아서서 집을 나가버렸다. 예상치 못했던 상황에 수현의 어머니는 크게 당황했고 놀랐다. 이전에는 한 번도 없었던 일이었다.

'저런 아이가 아니었는데... 수현이가 계속 나쁜 길로만 빠지는 건 아닌지...'

수현의 어머니는 다리에 힘이 풀렸다. 어떻게 하면 좋겠냐고 남편에게 걱정이 가득한 목소리로 물으니 남편은 말없이 자기를 믿으라는 듯 고개만 끄덕였다. 그래서 수현의 어머니는 내심, 나름의 해결책이 있나 보다 싶어 조금 안심했다.

수현이는 그날 친구 집에서 잤다. 당시 수현의 부모는 수현의 친구들을 대부분 알았고 그 부모들과도 교류가 있었다. 수현의 아버지는 수현이와 매일같이 붙어 다니는 친구네 집에 가서 새벽 내내 몇 시간을 기다렸다. 초인종을 누를 수도 있었지만, 아들 친구의 부모에게 자기가 수현이를 데리러 온 것을 눈치채지 않게 하려고 일부러 기다린 것이었다. 어떤 일이 생겨도 과장해서 생각하며 경거망동하지 않고, 상대에게도 되도록 폐를 끼치면 안 된다고 생각했던 수현 아버지 나름의 철학이었다.

수현이는 등교 시간이 되어 아침에 그 집 현관에서 나오다 아버지를 발견했다. 수현의 아버지는 아들을 보자 고함을 치거나 나무라는 대신 평소처럼 아무렇지 않은 듯 조용한 말투로 말했다.

"수현아, 오늘은 꼭 집에 들어오거라."

그날 수현이는 학교를 마치고 오랜만에 곧장 집으로 왔다.

"다녀왔습니다."

평소처럼 인사하기에 어머니도 보통 때처럼 맞이했다.

"응, 다녀왔니."

이때 신윤찬 여사는 아버지란 어떤 존재인가, 새삼 깊이 생각하는 계기가 되었다고 한다. 자기라면 그렇게 묵묵히 기다릴 수도, 조용히 말할 수도 없었을 것이라고 생각하며 새삼 아버지만 할 수 있는 역할에 대해 존경심을 갖게 되었다.

아빠와 가까웠던 수현의 어린 시절. 부자(父子)가 함께 아침 식사를 하고 있다

하지만 이날 이후로도 수현의 당구장 출입은 계속됐고 성적도 당연히 계속 내려갔다. 한창 반항기였던 수현이가 고등학교 3학년 올라가던 겨울이 되자, 보다 못한 아버지가 어느 날 갑자기 수현에게 함께 등산을 하자고 말했다. 수현이가 어릴 때, 가족이 종종 등산이나 캠핑하러 다닐 때마다 아버지는 수현이를 한 사람의 남자로 대접했더랬다. 대접이라는 표현이 어떨지 모르지만, 아직 어린 수현이에게도 물을 좀 길어오라거나 이런저런 힘든 일을 대수롭지 않게 시켰다는 의미다. 그러면 수현도 힘들지만 내색하지 않고, 자신이 누가 보살펴줘야 할 대상이 아니라 오히려 한몫 거들며 함께 하는 이들에게 도움이 되는 사람이 된 것으로 여겨서인지 즐거워했다. 아빠가 뭘 부탁하면 힘차게 "네! 네!" 하고 대답해가며 조그만 몸으로 텐트 치는 걸 돕거나 이런저런 허드렛일을 군말 없이 해냈다. 아빠와 아들의 호흡이 잘 맞았고 아빠가 명령하면 아들은 착착 따랐다. 아이들이 어릴 때 이후로는 다들 제각각 바빠 그런 일이 드물었는데 문득 등산 하러 가자고 하니 신윤찬 여사는 아이들 어린 시절이 떠올랐다. 수현도 흔쾌히 좋다며 따라나섰다.

그주 일요일에 아버지와 아들은 둘만의 등산을 떠났다. 겨울 산에서 아버지와 아들은 함께 많은 이야기를 하며 걸었을 것이었다. 등산에서 돌아온 수현은 오랜만에 옛날로 돌아간 것 같았다고 엄마에게 말했다.

"무슨 얘기 했니?"

어머니가 묻자, 수현이 답했다.

"별 얘기는 없었어요. 그냥 아빠가 당구 얘기를 하면서 계속 그렇게 놀면 좋은 대학에 가는 건 포기해야 한다고 했어요."

담담하게 말하는 아들에게 어머니가 재차 물었다.

"그래서 뭐라고 했니?"

"앞으로 밤에는 당구장에 가지 않겠다고 했어요. 대신 학교 마치고 딱 두 시간만 당구 치는 건 봐달라고 했어요. 두 시간 넘는 일은 없을 것이고 바로 집에 와서 공부 하겠다고 약속했어요."

사실은 수현 자신도 성적이 너무 떨어지니 내심 걱정이 되던 참이었다. 적절한 시점에 아버지가 얘기해주니 오히려 결심하는 데 도움이 됐다. 아버지도, 그렇게까지 확실하게 약속한다면 좋다고 허락해주었다.

수현이는 약속을 지켰다. 평일에는 매일 2시간만 당구장에서 놀다가 돌아왔다. 수현이는 그런 식으로 늘 아버지에게 자신이 원하는 것을 관철하기 위해 나름대로 밀고 당기며 제안하고 협상하는 방식을 택했다. 부자지간이라지만 둘은 때론 친구처럼, 때론 계약에 임하는 두 실무자처럼 진지했고 서로를 존중했다.

그래도 수현의 당구를 향한 열정은 좀처럼 식지 않았다. 평일에는 아버지와의 약속으로 딱 두 시간씩만 당구장에 갔고 집에 와서는 조금씩 공부도 시작해서 매일 밤늦게까지 당구장에서 살다시피

했던 날들보다는 성적이 꽤 올랐지만, 수현이를 최고의 대학에 보내고 싶어 했던 부모님으로서는 만족할 만한 수준이 아니었다. 대입 경쟁이 당구를 즐기면서도 이겨낼 만큼 만만한 게 아니라는 것은 누구나 아는 사실이었다. 어떻게든 수현이의 당구를 그만두게 해야 했다.

해가 바뀌어 설 연휴가 되었다. 바야흐로 수현이도 고등학교 3학년이 되었다. 설 연휴 명절은 단순한 명절이 아니라 모든 친척이 오랜만에 모여 안부도 나누고 조상에게 올 한해의 안녕도 빌고 기원하며 돌아보는 중요한 날이었다. 그런데 그런 날 수현이가 아침을 먹자마자 부리나케 나가 당구장에 간 것이었다.

새해 첫날처럼 중요한 날에도 당구를 치다니, 게다가 차례를 지내고 난 직후에 차려놓았던 진수성찬 중 튀김이며 전 같은 걸 주섬주섬 담더니 당구장으로 전속력으로 달려가는 것을 이해해 주어야 하나, 수현의 부모는 잠시 고민했지만 이건 아니라고 결론 지었다. 어떻게든 전환점을 만들어야겠다고 결심한 수현의 아버지와 어머니는 마침내 수현이가 늘 가던 당구장에 직접 찾아갔다. 낮이라 손님은 별로 없었다. 갑자기 낯선 중년 부부가 당구장에 등장하니 당구를 치던 단골 젊은이들의 눈길이 쏠렸다. 수현 부모님의 눈에 한 중년 남성이 띄었다. 한눈에 주인임을 알아볼 수 있었다. 수현의 아버지가 다가가 고개를 깊이 숙이며 부탁했다.

"제가 수현이 아버지입니다. 아들이 이제 고등학교 3학년이 되는데 걱정이 이만저만이 아닙니다. 인생의 가장 중요한 시기에 공부는 하지 않고 당구에만 빠져있으니, 저를 무례하다고 생각지 마시고 아들을 잘 타일러주시면 좋겠습니다. 입장을 바꿔서 한 번 생각해 주시면 제 마음이 어떨지 이해해 주시리라 믿습니다."

신기하게도 그날 이후로 수현이는 당구장에 가지 않게 되었고 무사히 고3 시절을 지나 대학에 진학했다. 그리고 새로 시작한 대학 생활에도 잘 적응했고 아버지의 말에 따라 1학년을 마친 뒤 군에 입대하며 질풍노도의 시기를 떠나보냈고 그 시기 내내 아버지는 가장 좋은 친구이자 인생의 선배였고 스승이었다.

이런 아버지와 아들의 관계는 이후에도 오래 이어져 제대 후에는 오히려 수현이 아버지에게 산에 가자고 먼저 권해서 등산을 하며 일본 유학의 뜻을 처음 비추기도 했다.

이성대 선생은 수현의 어린 시절부터 함께 자주 산에 올랐다.

8장

젊다는 건
후회하지 않는 것

수현은 1994년 충남 논산으로 육군 입대해 제8교육중대 2소대 90번 훈련병으로 신병 교육을 마치고 충북 괴산군 증평읍으로 자대 배치를 받았다. 처음 맡은 정확한 보직은, 67사단 190연대 직할대 전투지원중대의 106mm 무반동총 사수였다. 하지만 이등병 때부터 태권도 대회에 연대 대표로 나가고 사병들과 허물없이 잘 지내는 등 인기가 많았던 수현은 사단 테니스병이나 연대장 보좌병 등으로 스카우트하려는 제안을 많이 받게 됐고 마침내 장교들을 보좌하는 비서 업무를 맡는 것으로 보직이 변경되었다. 자기 방도 있고 장교들의 테니스 상대도 해주는 한편 기타 레슨을 해주며 좋아하는 연주도 하게 되었으니 사병치고는 꽤 좋은 보직이어서 크게 고생은 하지 않았다. 스스로도 어떻게 이렇게 좋은 곳에 배치됐는지 궁금해 휴가 나왔을 때 부모님에게 물어본 적이 있을 정도였다.

　　"엄마, 혹시 빽을 쓴 건 아니죠?"

　　"수현아, 네 아빠나 나나 그럴 사람이냐?"

　　수현은 어이없어하며 대답하는 어머니를 보며 웃었다.

　　"그렇긴 한데, 모두가 이런 보직은 빽이 없으면 도무지 불가능하다고 해서요. 초등학교 때 받은 태권도 단증 때문인가 보죠, 뭐."

　　이후로도 가족을 걱정시키지 않으려고 너스레를 떠는 것인지는 몰라도, 다른 아이들은 군대 훈련받는 게 너무 힘들다는데 자신은 군 생활이 너무 싱거웠다며 사실인지 아닌지 늘 싱글벙글하였는데 덕분에 자식을 군에 보낸 다른 부모들보다는 걱정을 덜 할 수 있었던 것도 사실이었다.

군 복무 시절 수현은 이등병 때부터 내무반 동료들에게 기타를 가르쳐주었다. 한 상병 고참은 기타를 무척 배우고 싶어 하면서도 수현이가 가르쳐주는 대로는 하지 않아서 속을 썩였는데, 그 고참조차도 결국 제대할 때는 두 곡을 칠 수 있는 상태로 만들어주었다. 사실 이등병이 기타를 만질 수 있다는 건 쉽지 않은 일이었다. 부대마다 사정이 다르겠지만 수현이가 근무한 부대에서는 공식적으로는 상병 5호봉 때부터 기타를 만질 수 있었다. 하지만 수현은 장기자랑 대회에 나가 기타연주를 한 뒤, 기타 잘 치는 신병이라는 소문이 나면서 특별히 고참들의 허락 아래 마음껏 기타를 칠 수 있게 되었고 나중에는 자기들도 가르쳐달라며 고참들이 수현을 못살게(?) 굴기 시작한 것인데 수현으로서는 사랑하는 기타를 마음껏 칠 수 있게 됐으니 그저 감지덕지(感之德之)한 일이었다. 계급도 낮은데 특별히 기타를 칠 수 있게 해 준 고참들이 고마워서 매일 한두 명씩 정해놓고 레슨을 해주었는데 나중에는 일이 커져서 하루에 1시간씩 정기적으로 기타 교실이 만들어지고 내무반의 정규 시간표에 편성될 정도였다. 나중에는 내무반 안에 기타만 4대가 되었다.

수현의 군대 시절

군대 말년에 수현은 기타 연습과 함께 영어 공부도 열심히 했다. 계급이 낮을 때는 고참들 레슨해 줄 때나 마음껏 쳤던 기타였지만 말년 병장이 되었을 때는 아예 옆에 두고 늘 끼고 살았다. 제대하면 기타연주로 아르바이트라도 해야 하리라 생각했기 때문이었다.

친구 정성훈은 아직도 그때 그 시절 수현과 주고받은 편지와 사진들을 간직하고 있다. 단짝 친구들이었던 이들은 일부러 그런 것도 아닌데 군대도 비슷한 시기에 다녀왔다. 대학 입학 후에는 서로 바빠 자주 소통하지 못했지만 입대하고 나니 어릴 적 친구들 생각이 많이 나서 편지도 주고받고 휴가 나오면 함께 만나 애인처럼 애틋하게 데이트도 즐기곤 했다. 둘은 모두 논산으로 입대했으나 성훈은 경찰학교를 나와 부산에서 의경 생활을 했다.

한동안 떨어져 지내다가 군대에 있는 동안 다시 어울리게 된 어릴 적 친구들은 제대 이후에는 찰떡처럼 붙어 다니게 되었다. 제대하고 나니 정말 어른이 된 것 같기도 해서 어울려 술도 마시고 여자 친구 이야기도 나누며 이런저런 어른 흉내를 냈고 사회생활을 준비하며 생긴 미숙한 고민도 나누곤 했다. 그때마다 수현은 친구들에게 사회생활이 겁나지 않는다고 큰소리치곤 했다. 뭐든지 몸을 움직여 성실하게만 살면 성공하게 될 것이라는 믿음이 있었다.

1996년 3월에 군에서 전역한 수현은 바로 복학하는 대신 한

해 휴학하며 숨 고르는 시간을 가졌다. 이제는 정말로 어른으로서 자신의 삶을 준비하고 매진해야 할 때였다. 여름에 친구들과 제주로 여행을 가서 즐거운 시간을 갖기도 했다.

수현은 이때부터 고등학교 때를 포함해 주기적으로 해오던 아르바이트도 더이상 하지 않았다. 이제는 공부에 모든 시간을 써야 한다고 생각해서 따로 아르바이트를 하지 않았지만 그런데도 통이 크고 친구들을 좋아해서 한턱내는 경우는 잦았다. 그러니 집에서 보내는 용돈은 늘 부족할 수밖에 없었다. 그래서인지 엄마 생일이 되면 매년 싸구려라도 선물을 보내던 수현이 복학 이후로는 손으로 편지를 써서 카드만 달랑 보내오기 시작했다. 물론 어머니로서는 그것만으로도 충분했다. 엄마 생일을 까먹지 않고 기억하고 있다는 것만으로도 고마웠고 게다가 카드에 쓴 메시지가 늘 싱겁고도 웃겼지만 감동적이었다.

"엄마, 생일 축하해요. 지금은 돈이 없는 학생이니까 아무것도 선물 못 해주지만 졸업하고 돈을 많이 벌 거니까 너무 서운해하지 마세요. 그때 엄청난 선물을 해 줄게요."

수현이 학교에 복학한 1997년부터 이후 일본으로 떠난 1999년까지 약 3년 동안 생활한 조치원역 근처 학생 아파트는 번화한 상가에 인접한 건물 한 동으로, 1층과 2층은 식당 등 매장이었고 4층에 학생용 원룸이 7개 있었는데 그중 1호실이 수현의 보금자리였다. 이 건물의 주인이자 관리인이었던 아주머니 고영자 씨는 수현을 한 마디로, '요즘 젊은이 같지 않았다'고 요약해 표현했다.

"수현이요? 걔 보면 뭐든지 다 주고 싶은 마음이 들게 돼요."

실제로 수현이도 어느 날 부산 집에 와서 어머니에게 이렇게 말한 적이 있었다.

"엄마, 반찬 자꾸 안 보내줘도 돼요. 하숙집 아줌마가 맛있는 걸 자꾸 해서 줘요. 너무 주시는 것 같아서 계속 받아도 될지 모르겠어요."

엄마를 안심시키려는 허세라고 생각했는데 사실이었다.

당시 고영자 씨에게도 수현과 비슷한 또래의 아들이 셋 있었다. 당연히 자기 자식처럼 보였을 것이다. 고영자 씨는 처음 수현을 만난 날을 기억하고 있었다. 새 학기가 되면 졸업하는 학생들이 빠져나가면서 빈방이 생기는데 1호실이 비어서 지역신문에 광고를 냈던 터였다. 수현이 그 광고를 보고 찾아왔다. 어느 학교 다니냐고 물으니 고려대학교라고 답하며 집이 부산이라 방을 구하고 있다고 했다. 조치원역과 가깝긴 해도 캠퍼스와는 많이 떨어진 곳인데 왜 캠퍼스 근처에 구하지 않느냐고 물으니, 캠퍼스와 너무 가까우면 친구들 아지트가 되고 그러면 제대로 공부할 수 없을 것 같아서라고 답해서 의외였다. 대부분의 학생이 캠퍼스와 가까울수록 편리하다고 생각하는데 수현은 좀 달랐다. 그만큼 친구가 많다는 얘기이고, 또 그만큼 공부도 열심히 하려는 학생이라고 미루어 짐작했다.

"여기는 학생용 아파트라서 인테리어가 보잘것없고 벽지도 저

렴한 것을 써요. 대신 사람이 바뀔 때마다 교체하는데 해마다 방을 바꾸는 학생들도 있어서 그렇게 하고 있는 거예요. 학생에게도 바로 리모델링해서 깨끗한 상태로 입주할 수 있게 할게요."

그렇게 약속했을 때 수현이 리모델링 비용이 얼마나 드는지 물어서 10만 원 내외 정도라고 하니 자기를 믿고 좀 더 바꿔도 되는지 물었던 일도 인상적이었다.

"그럼 제 방은 제가 원하는 방식으로 조금 더 바꿔도 될까요? 저는 막 전역하고 복학해서 앞으로 졸업할 때까지 3년은 방을 바꾸지 않을 예정이에요. 저를 믿어주시면 저도 리모델링 비용을 조금 더 부담할 테니 그렇게 해주시면 좋겠어요."

고영자 씨 생각에도 방이 더 나아지면 나아졌지 망가질 일은 없겠다는 생각이 들었다. 손해 볼 것 없다는 생각에 그러자고 하니 수현은 곧 업자를 불러와 벽지, 바닥재 등을 직접 고르고 꼼꼼하게 자기가 원하는 대로 리모델링을 했다. 그렇게 똑똑하고 야무진 학생이라는 인상을 받았던 기억이다.

이후로 생활하면서 CD를 산더미처럼 가져오기에 음악을 좋아하나보다고 생각은 했는데 가끔 방에 들러봐도 CD가 흐트러져있는 걸 본 적이 없어 더욱 정이 갔다. 늘 짐들이 가지런히 정리되어 있었고 이전에 경험한 다른 남학생들처럼 옷가지가 아무렇게나 방에 널브러져 있다거나 하는 일도 거의 없었다. 그렇다고 강박적으로 정리하거나 청소하는 타입도 아니었다. 수현은 이 시기에 학교 통학용으로 은색 산악자전거를 마련했는데 그걸 아주 소중하게 관리했다. 자전거로 가기에는 꽤 먼 거리였지만 운동도 할 겸 늘 자전거로 오갔다. 고영자 씨에게 수현은, 넘치지도 모자라지도 않게 깔끔한 느낌으로 자신의 일상을 즐기면서 사는 학생이었다.

수현은 여름이면 팬티 한 장만 입은 채로 베란다로 나가 세면장에서 호스로 물을 끌어와 머리부터 뿌려가며 '아, 기분 좋다. 역시 여름엔 이런 맛이지!' 하며 멱을 감곤 했다. 그것은 동시에 베란다를 청소하는 시간이기도 했다. 그런 긍정적이고 깔끔한 성격에는 부모님의 가정교육도 한몫했다. 수현이 입주하던 날, 부모님은 부산에서부터 먼 거리를 달려와 아들의 첫 자취방을 살펴보고 고영자 씨에게도 인사를 했다.

"아들을 잘 부탁한다며 고개 숙여 정중하게 인사를 하셨죠. 보통 이 정도의 인사는 전화 한 통으로도 충분했고 대부분의 부모가 실제로 그렇게 하는 편이었어요. 가끔 직접 오는 경우라도 대체로 어머니 한 분이 오시지 이렇게 아버지까지 함께 오는 경우는 드물었죠. 단란하고 정돈된 가정이라는 생각이 들었어요. 이런 부모님들이 키운 자식이라면 걱정하지 않아도 되겠다는 믿음도 생겼는데 실제로도 이후 수현이 학생은 속 썩이는 일이 없었어요."

그날 고영자 씨는 부모님과 수현 앞에서 항상 그래온 것처럼 입주민이 지켜야 할 규칙을 설명했다. 독신자라 싼값에 임대하는 거니 만약 여자가 있다거나 다른 동거인이 생기면 즉시 나가야 하고 이웃에 소음을 비롯한 폐를 끼치는 행위를 하면 안 된다는 등의 내용이었다. 말을 마치니 아버지가 수현에게 나지막한 목소리로 말했다.

"수현아, 잘 새겨 둬라."

수현은 아버지의 말을 듣고 고개를 끄덕였다. 그 모습에서도, '아, 이 가족은 품위 있는 아버지를 중심으로 참 바르게 함께하고 있구나' 하는 인상을 받았다.

수현은 규칙을 잘 지키는 이상적인 세입자였다. 주변에서 불만이 나온 적이 한 번도 없었고 친구가 와서 살거나 한 적도 없었다. 술을 좋아한다고 들었는데 방에서 마신 흔적도 본 적이 없었다. 딱 한 번 또래의 예쁜 여성과 손을 잡고 계단을 내려오던 수현과 마주친 적이 있었는데 그때 수현이 당황하면서 황급히 잡고 있던 손을 떼던 기억은 있다. 하지만 그 나이 또래의 젊은 남자에게 여자 친구가 있다는 점도 이해 못 할 바 아니었고 그런 일도 그때 딱 한 번이어서 별스럽지 않게 넘겼다.

수현은 복학 이후 본격적으로 밴드 활동에 매진했다. 신입생이던 1학년 때도 활동했지만 그때는 신입생이기도 했고 미숙한 점이 많았다. 복학 후 대학 밴드 〈무단외박〉 기타리스트로 활동하며 수현은 '양심수 석방을 위한 자유와 희망의 노래' 공연에서 리아, 천리

마, 꽃다지 등과 함께 공연하는 등 매우 의욕적으로 음악 활동을 했다. 당시 한국 인디 씬에서 앨범을 내고 활발하게 활동하던 인디1세대 밴드 '마루'가 수현이 활동하던 밴드의 선배였다. 나중에 유명 밴드가 된 체리필터의 기타 정우진과 드럼 손상혁도 수현의 2년 후배들이었다. 그래서 수현의 사고 이후 록밴드 체리필터는 자신들의 2집 앨범 〈Made in Korea?〉에 수현이를 추모하기 위해 만든 노래 '갈매기 조나단'을 수록하기도 했다. 2011년에는 일본 밴드 안전지대와 한국의 래퍼 더콰이엇이 함께 'STEP'이라는 추모곡을 발표하기도 했다. 수현의 사망 이후 이듬해 수현이가 활동했던 학교 밴드 〈무단외박〉은 서울 신촌 '롤링스톤즈'에서 수현을 추모하는 공연을 했다. 백여 명의 사람들이 지하 클럽으로 공연을 보기 위해 찾아왔다. 거기 모인 이들은 모두 생전에 어떤 식으로든 수현과 인연이 있는 사람들이었을 것이다.

4학년 때 수현은 밴드 〈무단외박〉의 리더가 되었다. 당시 수현이 작사한 '내 삶의 방식'이라는 곡도 있었는데 안타깝게도 그는 이 곡이 채 완성되기 전에 세상을 떠났다. 수현은 진로 자체를 뮤지션으로 정할까 고민할 만큼 음악에 모든 열정을 쏟고 있었다. 자신이 운영하는 홈페이지에서도 자신의 깁슨 기타를 국보 2호라고 자랑하곤 했다. (1호는 자전거인데 잃어버렸고 3호는 노트북이었다.) 노트북으로는 홈페이지를 만들어 불특정 다수를 위한 기타 레슨 코너를 개설하기도 했다.

고려대학교 밴드 무단외박의 정기공연에서 기타를 연주하고 있는 수현(위: 중간, 아래: 우측)

무단외박은 매년 2회 학내 정기콘서트를 개최했는데 리더가 된 그해에 수현은 '건즈 앤 로지스'의 곡들을 연주하고 싶어 했다. '노벰버 레인' 같은 곡이었다. 수현은 밴드 멤버들과 술자리에서 가끔 정말 되고 싶은 건 기타리스트인지도 모르겠다는 말을 하곤 했다. 하지만 뮤지션이 된다는 건 가족을 포함해 많은 사람을 불안하게 하는 일이라는 것도 알고 있었다. 수현은 주변 사람들을 고려하지 않고 자기 생각만 하는 스타일이 아니었고 현실적인 감각도 뛰어났다. 밴드 멤버를 비롯한 대학 친구들은 수현이가 세세한 것은 별로 신경 쓰지 않고 될 대로 되겠지 하는 일종의 '케세라세라'의 전형일 만큼 대담한 면이 많았지만, 한편으로는 상식이나 사람에 대한 예절, 일상생활의 습관 같은 것에 대한 자기관리가 엄격했다고 기억했다.

1998년 여름, 7월 18일부터 7월 30일까지 13박 14일 동안 수현은 친구 3명과 함께 자전거로 전국을 일주해보자는 계획을 세웠다. 이 여행은 출발 이틀 만에 자전거를 도둑맞는 등 탈도 많고 고생도 실컷 한 경험이었지만 이후 두고두고 수현에게는 너무도 자랑스럽고 소중한 추억이 되었다.

수현은 이 여행을 돌아보면서 처음 만난 사람들의 선의와 도움을 통해 정말 맛있는 것도 많이 먹고 편하게 지낼 수 있었다며 즐

위) 전국 일주 출발 직전 교문 앞에서 찍은 기념사진.
사진 하단에 7월 18일이라는 날짜가 선명하게 보인다.

아래) 전국 일주 도중 비를 맞으며 도착한 전주에서

거워했다. 수현은 자기 주변에는 좋은 사람들만 있는 것 같다며 행복하다는 너스레를 자주 떨곤 했다. 완벽한 사람이 있으랴만, 수현은 늘 사람들의 좋은 점에 포커스를 맞추고 대했다. 당시 여행에 대한 설레는 마음은 그가 운영하던, 지금도 열려있는 홈페이지를 통해 확인할 수 있다. 생전 처음으로 자전거를 타고 전국을 다닌다는 계획 자체가 멋있게 느껴졌다. 같은 과 동기인 경북 상주 출신의 성현태, 한 해 후배인 광주 출신 양인철, 역시 한 해 후배인 경주 출신 남호철이 이 여행에 함께 했다. 처음에는 혼자 떠나려던 여행이었지만 함께 하게 되어 훨씬 든든하고 좋았다.

이들은 순간 최고속력 60km를 찍으며 학교 정문에서 출발해 691번 국도를 타고 충남 천안의 독립기념관으로 향한 다음, 628번 국도로 아산을 거쳐 45번 국도로 예산을 향하는 식으로 첫날부터 많이 돌아다녔다. 잘 데가 없어서 공주산업전문대 숙직실에 가서 하루만 재워달라고 부탁하다가 거절당하는가 하면 그러다 만난 한 학생이 알려준 안 쓰는 폐가 같은 건물에 가서 좀 무섭긴 했지만 나름 편안하게(?) 하룻밤을 묵기도 하는, 앞으로 어떤 일이 벌어질지 모르는 우연과 불편함이라는 진정한 여행의 참모습 속으로 자신들을 완전히 던지고 행복해했다. 그 들뜬 마음과 젊음의 치기가 고스란히 아직도 홈페이지에 기록으로 남아있어 남은 이들을 더욱 안타깝게 한다. 수현이 이런 모습으로 계속 우리 곁에 남아주었더라면 얼마나 더 많은 긍정적인 일들이 소금처럼 세상 여기저기에 쌓였을까.

수현은 친구들과 직접 자전거를 수리해가며 전국을 돌아다녔고 많은 걸 느꼈다.
이 여행에서 돌아와 나중에는 유럽을 자전거로 일주하겠다는 꿈도 세웠다.

그 한여름의 여행은, 수현 일행에게 젊어서 고생은 사서도 한다는 속담의 의미를 제대로 알려주었다. 고생을 반가워하고 즐거워하며, 그 고생 속에서 뭔가 앞으로 진짜 인생이 펼쳐질 것처럼 설레는 마음이 있었다. 고생할수록 자신들의 삶이 알 수 없는 어떤 미지의 세계에 의해 담금질 되어서 결국 강해질 것이라는, 그런 믿음과 젊음의 반짝이는 순간이 여전히 홈페이지의 글 속에 남아있다. 사람들이 대체로 자기가 태어난 계절을 닮는다는 말을 어디선가 들은 것 같은데, 수현은 자기가 태어난 여름이라는 계절을 정말 좋아했고 실제로 그렇게 젊음의 시간을 마음껏 즐겼다.

"아스팔트가 녹아서 흘러내릴 것 같다. 내가 가장 좋아하는 날씨다. 하늘이 파랗고 해가 쨍쨍 내리쬐고 아스팔트가 녹아서 끈적끈적 흘러내려서 신발에 달라붙고, 황이 타는 매캐한 냄새가 코를 찔러 어지럽히고 멀리 아지랑이가 푹푹 피어오르면서 신기루가 보이고, 고개를 숙이고 터벅터벅 걷는 길 위로 더운 김이 신발에서 뿜어져 나오면서 손가락 끝으로 짭짤한 땀이 뚝뚝 떨어지고, 축 처진 어깨와 푹 숙인 고개가 보일 듯 말 듯 하는 그림자가 바로 발끝에서 따라오는... 내가 좋아하는 날씨..."

이 여행을 통해 전국을 다녀본 수현은, 세상은 정말 넓고 자기가 알고 있던 세상은 너무 좁았다는 깨달음을 얻었다. 당연히 앞으로는 더 많은 세상, 전국을 넘어 전 세계를 돌아보고 싶다는 바람도 갖게 됐다. 전라도, 지리산, 섬진강, 울산과 경주는 물론 진주와 창원처럼 자신이 살던 부산과 가깝지만 처음 가보는 경남의 도시들까지. 중간 전환점에서는 부산에 들러, 밀면도 모르는 촌놈들에게 밀면도 먹이고, 회도 제대로 모르는 촌놈들에게 회도 사주며 광안리와 해운대를 비롯한 부산의 명소들을 안내해주기도 했다. 집에서 아버지 차까지 몰고 나와서 확실하게 서비스했다.

다시 자전거를 타고 길을 나서 달맞이고개의 내리막길을 달릴 때는 끝내주는 기분이었다. 그리고 다시 울산과 경주를 거쳐 동해안을 타고 올라가기 위해 떠나면서는, 부산이 얼마나 아름답고 소중한 곳인지도 새삼 깨달았다. 객지 생활을 해 본 데다 전국을 돌다 보니 등잔 밑이 어둡다는 말처럼 오랜 시간 생활했던 부산이란 도시가 낯설고도 소중하게 다가왔다.

"그동안 많은 사람을 만났고 많은 걸 보았고 많은 걸 깨달았다. 또 우리나라가 그렇게 작지만은 않다는 생각도 해 보았다. 해외로 배낭여행 가는 사람도 많은데 우선 나는 전국일주를 권해보고 싶다. 여행하면서 불가능해 보이는 것도 많았지만 역시 한 번쯤 부딪혀 봐야 한다는 것을 느꼈다. 안될 수도 있지만 해 보려고 했다는 것이 중요한 게 아닐까? 최선을 다했다면 결과는 그리 중요하지 않다고 생각한다. 아직 우린 젊지 않은가? 여행에서 느낀 것을 글로 옮기고 싶지만 너무 길어질

것 같아 마음속으로만 간직하려 한다. 다만 여행하는 동안 만
난 사람들을 통해 겸손한 사람이 항상 그렇지 않은 사람들 위
에 있다는 것을 확실히 깨달았다. 여하튼 우리는 해냈고 앞으
로도 교훈 삼아 세상 어떤 고난이 닥쳐도 이번 여행을 생각하
며 잘 헤쳐나갈 것이다."

대학 졸업 무렵 수현은 이제 사회로 나가기 위한 준비를 제대로 해야 한다는 압박감도 느꼈지만 한편으론 젊은 날의 막바지 추억을 쌓기 위해 고향 친구인 성훈 등과 함께 열심히 놀기도 했다. 각자 아버지 차를 빌려 나와 드라이브를 하는 등 친구들끼리 앞으로는 이렇게 마음 편히 놀 수 없을 것 같다며 더 치열하게(?) 놀았다. 그리고 4학년 1학기까지 마치고 대학 졸업을 딱 한 학기 남겨두었을 무렵, 수현은 일본에 가기로 결심했다. 전공인 무역을 생각해도 그렇고, 당시만 해도 식민지 경험을 한 한국인들에게 일본의 이미지는 좋지 않았지만 미래를 위해서는 그렇게 나쁜 관계로만 고착시킬 순 없으니 누군가 가교 역할을 해야 한다고 생각했던 것이었다.

7월에 휴학 서류를 제출하고 유학을 준비하기 시작했다. 당시 일본 유학에는 비자를 비롯해 준비해야 할 게 많았지만 도전해보기로 했다. 인터넷 검색과 주변 수소문을 통해 세계 각국에서 학생들이 모여드는 곳으로 일본 관동지역 최대의 어학교라는 아카몽카이일본어학교를 알게 되었다. 더 검색해보니 부산에도 사무소가 있다는 것을 알게 되어 직접 찾아갔다. 거기서 만난 윤길호 소장은 유학을 위해 무엇이 필요한지 친절하게 안내해주었고 수현은 그 안내에 따라 통상 몇 주씩 걸릴 수도 있는 서류 작업을 불과 이삼일 만에 정확하게 준비해서 다시 찾아갔다. 그만큼 절박하게 일본에 가고 싶었는지도 모른다. 다른 학생들에 비해 너무도 정확하게, 너무도 빨리 서류를 준비해와서 윤길호 소장은 물론 도쿄 본교의 이사장도 놀랐다.

8월 27일에 원서를 내고 입학이 결정되는 데는 얼마 걸리지 않았다. 그때 수현이 지나가는 말로 질문했다.

"그런데 왜 이름이 빨간 문[赤門] 이죠? 한국에서 빨간색은 오해받기 쉬운 색인데요."

윤길호 소장이 답했다.

"그렇지 않아도 조총련이나 빨갱이 아니냐는 소리 많이 들어요. 하지만 그런 것과는 전혀 상관없는 이름이에요. 도쿄대학교 정문이 붉은색이거든요. 그래서 빨간 문이에요."

실제로 당시 부모님을 비롯해 주변 어른들은 일본 가면 조총련이나 공산주의자들이 많아서 영향 받을까 염려하며 조심하라고 당부하곤 했다. 수현은 별로 걱정하지 않았지만 문득 그런 얘기들이 떠올라 농담을 해 본 것이었다.

당시 아카몽카이일본어학교에 지원하며 자필로 쓴 수현의 지원 동기에는 다음과 같은 글이 있었다.

"일본어 학교 연수 후 일본에서 보고 듣고 느낀 것을 바탕으로 한국이나 일본의 무역회사에 입사해 양국의 교역 분야에서 확실한 일인자가 되고 싶습니다."

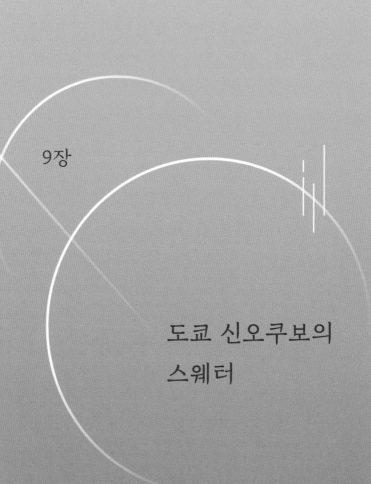

9장

도쿄 신오쿠보의
스웨터

수현이가 다닌 아카몽카이일본어학
교 모습

1999년 11월, 마침내 수현은 바라
던 도쿄에 도착했다. 도쿄 아라카와구
니시닛포리에 있는 아카몽카이일본어학
교에 정식으로 입학하기 위해 학기가 시
작되는 1월보다 두 달 전에 미리 도착한
터였다. 학교에서 멀지 않은 타이토구
(台東區)에 방을 구하고 주변 지리도 익
히는 등 본격적인 일본 생활을 준비하는
한편, 매일 부지런히 이곳저곳을 자전거
로 돌아다니며 곳곳을 구경했다. 주변의
모든 것이 신기하고 새로웠다. 두려움도 컸지만 설렘은 더 컸다.

그렇다 해도, 처음 시작한 타국에서의 생활이 즐겁기만 할 리
는 만무했다. 무엇보다 고민인 건 음식이었다. 수현은 생선을 좋아
하지 않았는데 일본은 생선 요리의 천국이니 우선 곤란한 일이었다.
이런 식성은 충청도 출신으로 생선을 별로 좋아하지 않던 어머니를
닮은 것이었다. 멸치를 볶아 내어도 말똥말똥한 눈이 불쌍하다고 안
먹고, 날 것으로든 구운 것으로든 생선은 기본적으로 비린내가 나서
별로라던 수현이 그나마 명탯국을 먹게 된 것도 군대에 다녀오면서

부터였다.

수현은 학창시절 도시락 반찬으로 소시지 같은 걸 싸주면 무척 좋아했지만, 수현의 어머니는 한창 자라나는 아이 건강에는 좋지 않다는 이유로 자주 싸주지 않았다. 그래도 수현은 피자나 양식, 햄 같은 걸 좋아했다. 한식으로는 특히 떡을 아주 좋아했고 밥보다는 옥수수나 감자 같은 주전부리를 좋아했는데 그런 식성도 어머니와 비슷했다. 어릴 적 수현네 가족의 외식 메뉴는 거의 카레 아니면 짜장이었는데 이런 음식들도 꽤 좋아해서 어머니는 평소 수현이가 잘 먹지 않으려고 하던 당근 같은 야채를 카레나 짜장볶음에 몰래 넣어 섞어 먹이곤 했다.

앞서 소개한 것처럼 수현은 원래 족발도 못 먹었다가 일본에 가서야 그 맛을 알게 되어 나중에는 아주 좋아하게 되었는데 이런 식성은 또 아버지를 닮은 것이었다. 수현의 아버지도 족발이나 닭발 같은 음식을 내켜 하지 않았다.

수현은 일본으로 유학 온 친구 중 홍일기와 특히 단짝이 되었다. 홍일기는 함께 아카몽카이일본어학교로 유학 가게 된 한국 학생들이 미리 김포공항에 모인 첫날부터 수현이가 눈에 띄었다고 했다. 남자들끼리 느낄 수 있는 어떤 분위기를 감지하고 서로 통하겠다는 느낌을 받았다는 것이다. 홍일기는 수현보다 두 살 위였지만 허물없이 어울렸다.

홍일기가 처음 봤을 때 수현이는 커다란 전기기타 가방을 한쪽에 메고 다른 손에는 노트북을 들고 있었다. 둘 다 스포츠를 좋아한다는 공통의 취향도 있었고 비행기 안에서 대화를 더 많이 나누다 보니 부쩍 가까워졌다. 입학 이후 아카몽카이일본어학교 기숙사에서 생활할 때도 수현이가 3층, 홍일기는 4층에 입주해서 한 지붕 아래 살았기 때문에 일본에서만큼은 서로가 진짜 형제처럼 느껴질 정도로 가깝게 지냈다.

두 사람은 이듬해 1월 입학까지 남은 시간 동안 함께 달리기도 하고 사이클도 타고 피트니스도 하며 몸을 만들었다. 홍일기는 수현이가 일본에서 생활하는 동안 특히 일본사람들의 공중도덕에 자주 감탄하고 높이 평가했다고 기억했다. 거리를 걷다가 개를 산책시키던 사람이 개가 똥을 싸자 미리 준비한 비닐봉지에 담아가는 모습을 보며, 당시의 한국에서는 보기 드문 풍경이어서 감탄했던 모습을 기억했다. 그래서인지 담배를 자주 피우던 수현이었지만 꽁초도 절대 함부로 버리지 않았다. 담배를 다 피운 뒤엔 늘 꽁초를 자기 주머니에 넣고 다녔는데 주머니 더러워진다고 타박하면, "주머니 더러워져서 곤란한 건 나 하나지만 거리에 버리면 모두가 곤란해지잖아"라며 답하곤 했다. 유학 중에 한 번은 친구에게 자전거를 빌려 깡통을 잔뜩 실어 온 적도 있었는데 자전거를 빌려준 친구가 이런 쓰레기들을 왜 주워왔냐고 물으니 수현은 '버리면 쓰레기지만 사용하면 자원'이라는 것이었다. 수현은 꽁초나 쓰레기를 함부로 길에 버리는 한국 친구들을 보면 뒤따라가서 그 쓰레기들도 자기가 모두 주워 담곤 했다. 한국 사람이 욕먹는 게 싫기도 했고 '한 사람이 버리면 모두가 버리기 시작하고, 한 사람이 줍기 시작하면 모두가 줍게 될 것'이라는 믿음 때문이기도 했다.

수현의 단골 헬스클럽은 닛포리역 바로 앞에 있는 랭워드호텔 지하에 있었는데, 그곳에서도 사용한 비누가 매번 반드시 제자리에 놓여있는 걸 보며 감탄하곤 했다.

이때만 해도 불과 1년 뒤에 그처럼 비극적인 일이 벌어질 것을 누구도 상상하지 못했다. 수현이 세상을 떠난 이후, 수현의 부모님은 매년 일본에 갈 때마다 지금까지 줄곧 이 호텔에서 묵고 있다. 건강한 모습과 설레는 표정으로 매일 이곳에 운동하러 드나들었을 아들을 추억한다.

수현이 일본 유학 중 사용했던 학생증, 전철 정기권과 여권

수현은 2000년 1월이 되자 아카몽카이일본어학교 초급2 과정으로 입학해 본격적인 유학 생활을 시작했다. 당시 담임교사는 다나카 노부코였는데 그녀는 수현을 처음부터 대단히 열정적으로 공부하고 친구들과도 잘 어울리는 활동적인 학생이어서 눈에 띄었다고 회고하며 안타까운 사고 이후 많이 슬퍼했다. 수현은 빠르게 일본어를 학습했고 학교에서 만난 친구들과도 금방 친해졌다. 아무래도 한국에서 온 친구들과 더 자주 어울렸다. 모두 수현을 좋아했는데 당시 친했던 친구들은 입을 모아 말했다.

　　"근성이 있는 친구였어요. 어렵고 힘든 일이라 다른 사람들이 보기엔 포기할 법도 한 일도 끝까지 가보는 타입이었죠."

　　수현은 학교 공부를 마치면 주로 신오쿠보에 가서 많은 시간을 보냈다. 신오쿠보는 수현이 마지막 순간을 맞이하게 된 곳이기도 하지만 도쿄에서 가장 많은 시간을 보내며 위로받은 곳이기도 했다. '일본 속 작은 한국'이라 불리는, 신주쿠에 위치한 일본 최대의 코리아타운이 있어서 향수병을 달래기에 좋았고, 단위 면적당 방문객 수로 일본 전체에서 1위일 만큼 엄청난 인파가 몰리는 곳이라 신기한 상점이나 문물도 많아서 젊은 수현이 가지고 있던 일본에 대한 호기심을 충족시키기에도 더할 나위 없이 좋은 곳이었다.

　　입학하고 일본 생활에도 어느 정도 적응했다는 생각이 들 무렵이었다. 3월이 되자 수현은 친구들과 여름에 후지산을 등반하자는 계획을 세우기 시작했다. 매일매일 학교 마치면 친구들끼리 모여서 정보를 공유하고 동선을 조사하는 동안 날씨도 더 따스해졌고 분

일본 최대의 코리아타운이 있는 신오쿠보. 2020년 1월 모습

위기도 한껏 고조되었다.

수현은 학업에 더해 틈틈이 아르바이트 자리도 열심히 구했다. 4월에는 입학 3개월 만에 중급4 과정으로 승급했고 신오쿠보역 인근 넷스파이더 PC방에 아르바이트 자리도 구했다. 시급은 850엔이었다. 이후 내내 집과 학교와 일터를 오가며 꾸준히 정리된 일상을 반복했다. 아르바이트를 하면서 수현은 손님들에게도 인기가 많았다. 중학생 때부터 컴퓨터를 다뤘고 개인 홈페이지까지 만들 정도로 컴퓨터에는 일가견이 있던 수현이었다. 여러 손님에게 인터넷 사용법을 알려주기도 하고 가게 컴퓨터를 관리하기도 하며 손님은 물론 사장에게도 신뢰를 얻었다. 학교 수업이 있는 시기에는 아침 5시에 집에서 나가 점심때까지 일했고, 방학 때는 저녁 6시까지 일했다.

그리고 8월이 되자, 연초부터 친구들과 계획했던 후지산 등반을 드디어 실행에 옮기기로 결심했다. 친구 홍일기는 수현과의 추억을 이야기할 때면 산악자전거로 후지산 정상을 등반했던 당시의 일을 첫손가락으로 꼽았다. 수현과 홍일기, 그리고 박진우까지 세 사람이 출발했다.

가장 체력이 좋은 수현이 선두에서 바람을 맞아주었고 그 뒤로 홍일기가, 맨 뒤에 박진우가 달렸다. 맨 뒤에서 달리던 진우의 체력이 셋 중 가장 약했는데 그래서 수현은 선두에서 달리다가도 자주 뒤를 돌아보았다. 잘 따라오고 있는지 주시하다가도 어느 순간 놓치게 되면 "일기야, 잠깐만 여기서 기다리고 있어." 하곤 자전거를 돌려 내려가 잠시 뒤 진우를 데려오곤 했다. 그럴 때마다 수현은 진우의 짐을 나눠서 짊어지고 있었다. 홍일기는 그때의 장면을 진하게 기억하고 있다.

"자전거를 세워두고 산을 바라보며 한참을 기다리는데 녀석들이 올 생각을 안 하는 거예요. 언제쯤 오나 마냥 기다리다가 문득 밑에서 무슨 소리가 나서 돌아봤는데, 숨이 차서 헐떡대는 진우의 짐을 나눠 짊어지고 수현이가 격려하면서 올라오고 있었어요. 아직도 그 모습이 진하게 기억에 남아있는데 그때 가슴이 좀 뭉클하더라고요."

영화의 한 장면처럼 멋있게 보였다고 했다. 가슴이 뜨거워졌고 순간적으로 카메라를 꺼내서 사진도 찍었던 것 같다고 했다. 그게 수현이었다고 했다. 홍일기가 기억하는 수현은, 이전부터도 늘 자기가 고생을 떠맡아 주변 사람들을 챙기는 친절하고 상냥하며 따뜻한 사람이었다.

"누가 곤란한 상황에 놓이면 그냥 두지 않았죠. 그럴 때면 성격은 또 얼마나 급해지는지... 기다리지도 않고 직접 막 자기가 먼저 가요. 그게 수현이었어요."

하지만 진우는 결국 5부 능선쯤에서 더 못 오르고 포기하고 말았다. 결국 정상까지 간 것은 수현과 홍일기 둘뿐이었다. 오후 2

시에 둘이 다시 산기슭을 출발해 간신히 7부 능선을 넘었을 때는 새벽 1시였다. 배가 너무 고파서 짐을 풀어놓고 일단 뭘 좀 먹자고 둘러보니 아뿔싸, 식량이 전부 진우의 짐 안에 있었다. 황당했다.

홍일기가 아무것도 먹지 못하면 정상까지 도저히 갈 수 없다고 하니 수현이가 이대로 포기하면 안 된다며 주변에 먹을 게 있는지 찾아보자고 했다. 그렇게 한참 시간이 지났을 때 수현과 일기는 저 밑에서 올라오는 세 명의 젊은이들을 발견했다. 오아시스를 만난 듯 반갑게 뛰어가서 그들에게 사정을 설명하고 먹을 걸 부탁하니, 그들도 기분 좋게 나눠주었다. 오사카에서 온 대학생들이라고 했다. 대신 그들에게는 텐트가 없었다. 그래서 수현 일행은 먹을 것을 얻는 대신 텐트를 함께 쓸 수 있도록 했다. 2인용 텐트에서 5명이 자려니 너무 좁아서 상체만 텐트에 넣고 다리는 모두 바깥으로 뻗고 자는, 말하자면 군대에서 유격 훈련을 할 때처럼 자기로 했다. 텐트 바깥으로 젊은 남자 다섯 명의 다리가 방사형으로 나와 있는 모습을 상상하면 한편으론 웃기면서도 그런 게 젊음이지 싶어진다. 그리고 일행은 다음날 잠에서 깨자마자 단숨에 정상까지 올랐다. 2000년 8월 24일, 새벽 5시였다.

수현은 스스로 자신의 인생에서 가장 기억에 남는 순간을 고르라면 그중 하나가 이때였다고 회고했다. 둘은 들뜬 목소리로 기념사진을 찍느라 부산했고 미지근해진 캔 맥주로 소리를 지르며 건배했다. 수현은 산악자전거를 타고 후지산 분화구를 배경으로 기념사진을 찍었다. 그는 이 사진을 자랑스럽게 생각해서 홈페이지에도 올

수현은 갖은 고생을 거쳐 정상까지 오른 후지
산 등반을 자신의 인생에서 가장 자랑스러운
순간 중 하나로 꼽았다.

리고 틈만 나면 사람들에게 보여주며 자랑했다. 정말 고생해서 오른 정상이었으니 그럴 만도 했다. 사진 속 수현의 표정을 보면 얼마나 기뻐하고 있는지 잘 알 수 있다.

수현은 시간이 갈수록 일본어도 조금씩 늘고 새로운 친구도 늘었다. 후지산 정상도 등반하며 희열을 느꼈다. 그렇게 별문제 없이 좋은 시간이 흐르고 있었지만, 이 시기에 수현의 마음은 복잡한 생각들로 가득했다. 그러던 차에, 어느 날처럼 친구들과 어울리다 자전거를 타고 귀가하는 길에 수현은 택시와 부딪히는 큰 사고를 당했다. 충돌하며 택시 유리창이 깨질 정도였고 수현도 공중에 높이 튕겨 올랐다가 땅에 떨어졌다. 크게 다친 것도 문제였지만, 일본에서는 보험처리를 어떻게 해야 하는지도 몰랐고 더구나 아직은 일본어가 아주 유창한 상태는 아니었다. 어느 지역, 어느 분야나 마찬가지겠지만 텃세라는 게 있는 법이어서 수현도 그사이 일본에서 생활하는 동안 여러 번 차별당한 경험이 있었지만 사고를 당했던 날에는 일본어가 서툴다고 대놓고 무시하던 택시 운전사와 사고 처리를 위해 나타난 관계자들의 무례한 태도에 큰 상처를 받았다. 괜찮냐는 말 한마디 없이 외국인이라는 걸 알아차린 순간부터 차갑게 대하던 택시 운전수, 택시에 타고 있던 손님, 그리고 사고처리를 위해 현장에 출동한 경찰까지 누구 하나 할 것 없이 수현에게 적대적이었다. 이후로 치료비도 만만치 않았고 몸이 아프니 이동할 때는 택시로 움직여야만 했는데 그런 경제적 부담까지 더해 이때의 불쾌한 기억은 수현을 더욱 외롭

게 만들었다. 당시 수현이 부산에 있는 친구 성훈에게 보낸 편지에는
이 사고를 겪으며 느낀 나름의 다짐이 담겨 있다.

"내가 앞으로 일본에서 혹은 일본과 관련해서 무슨 일을 하게
되든 이번 사고의 경험을 잊지 않으려고 해. 어른들은 이런 차별이
나 무성의한 태도에 대해 더 많이 신경 쓸 필요가 있을 것 같아. 나
부터라도 그런 일을 해야겠어."

수현은 이 사고 소식을 고국에 있는 가족들에게는 알리지 않
았다. 물론 가족들이 걱정할까 봐 마음이 쓰였기 때문이었다. 하지
만 오른쪽 어깨가 부어올라 팔을 못 올릴 정도로 후유증이 컸다. 의
사는 완전히 복구되기 어려울 것이라고 했다. 그런데도 수현은 열심
히 운동하고 재활하면 얼마든지 복구할 수 있다며 특유의 낙천적인
태도를 보였다. 하지만 의지만으로 몸이 훌쩍 나아질 수는 없는 노
릇이었다. 수현은 이후 내내 어깨가 불편해 팔을 제대로 못 올리는
상태로 생활해야 했다. 그러면서도 불과 두 달 뒤 성치도 않은 몸으
로 그렇게 취객을 구하겠다고 선로에까지 뛰어든 것이었다.

수현의 사고 이후에야 이런 사실을 알게 된 수현의 부모는 속
이 까맣게 타들어 가는 심정이었다. 두 달 뒤에 일어난 비극의 전조
처럼 느껴지는 이 사고를 당시에 알았더라면 어땠을까, 치료를 위해
서라도 유학을 중지시키고 부산 집에 머물게 하지 않았을까. 사고가
나서 치료를 받아야 한다는 것을 그때 알았더라면 일본으로 보내지
않았을 것이 확실했다. 그랬더라면 아들의 죽음도 막을 수 있지 않

앞을까, 그런 괜한 후회도 해보게 되는 것이었다.

그래서인지 수현은 이 시기에, 부산에 있는 죽마고우 성훈에게도 부쩍 자주 편지를 보냈다. 처음으로 가족을 떠나 홀로 대학 생활을 시작했을 때에도, 입대해 군 생활을 할 때와 일본이라는 타국에서 낯선 생활에 적응해갈 때에도, 그리고 세상을 떠나는 마지막 시기까지도, 늘 젊은 날의 고민과 방황을 친구 성훈에게 편지로 보내며 의지하기도 하고 투정을 부리기도 하고 때론 어릴 적 '애늙은이'라는 별명으로 불릴 때처럼 진지하게 잔소리하기도 했던 수현이었다. 그 편지 속에는 흔한 젊은 날의 고민과 방황의 흔적들이 날 것 그대로 담겨있었다. 그 편지를 통해 수현은 당시의 심정을 친구에게 전하고 있었다.

"얼마 전 자전거 사고부터 시작해서 올해는 내내 마음이 복잡하다. 어쩌면 지금까지의 내 삶 중 올해가 가장 최악의 시기인지도 모르겠다. 새 출발이 절실하게 필요한 시기인 것 같아. 그야말로 다시 태어난다는 심정으로 절실하게 무언가를 찾아 인생을 바쳐보고 싶어."

성훈은 그런 편지를 받아볼 때마다, 어릴 적부터 늘 자신만만하고 거칠 것 없다고 생각했던 수현에게도 이런 부분이 있었구나 싶어서 짠한 마음이 들었다. 그래도 수현은, 그런 어지러운 심정을 토로하다가도 스포츠마케팅이라는 새로운 분야를 알게 되어 조금 희

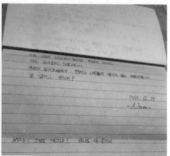

수현과 성훈이 주고받은 편지들

망의 빛이 보인다고도 했다. 마침 한일월드컵대회도 한 해 앞으로 다가오고 있었다. 어릴 적부터 워낙 운동을 좋아했던 수현이었다. 게다가 두 나라의 언어까지 유창하게 구사할 줄 알게 되면 스포츠를 통해 한일관계에 분명 이바지할 수 있을 것이었다. 수현이 스스로도 그렇게 생각하고 있었다. 그 예열 단계로 한일월드컵에서 자원봉사를 하려고 준비도 했다. 통역이나 번역, 그 밖의 어떤 일이라도 좋았다. 수현은 친구들과 이자카야에서 술잔을 기울이며, 자신이 앞으로 스포츠마케팅 분야에서 이루게 될 큰 업적의 시작이 바로 한일월드컵이 될 것이라며 들뜬 목소리로 얘기하곤 했다.

　　타국에서 홀로 새로운 출발을 계획하며 조금은 외로웠을 그해 겨울, 수현이가 일본의 집에서나 학교에서 혹은 아르바이트를 하러 다니면서 내내 입었던 옷이 있다. 어머니가 직접 짜 준 스웨터였다.

수현이 중학교 때 짜준 것이니 얼마나 낡았을지 쉽게 상상할 수 있다. 이후로 수현이가 또래의 다른 아이처럼 부쩍부쩍 클 때마다 어머니는 실을 더 사 와서 그 스웨터를 늘려 주었다. 특히 팔이 짧아지니 풀어서 그때마다 자꾸 늘려준 게 지금의 모양이 되었다.

수현의 어머니는 바느질, 미싱 등 손재주가 좋았다. 수현이가 어렸던 시절, 당시에는 구하기 어려웠던 일본 잡지 〈주부생활〉 같은 것을 구하면 일본어도 모르면서 거기 나오는 뜨개질 방법을 대충 눈대중으로 훑어가며 옷을 만들어 입히곤 했다. 수현은 꽤 겉멋을 부렸어도 기본적으로 사치와는 거리가 먼 아이였다. 게다가 한 번 자기 마음에 들면 그것만 줄기차게 입고 다니는 스타일이기도 했다. 어린 시절 백바지만 입고 다니던 것과 비슷했다. 그래서 엄마가 짜준 스웨터도 어릴 적부터 겨울만 되면 내내 입고 다녔던 것이다.

사고 이후 수현의 어머니는 그 스웨터를 보며 만감이 교차했다. 여기저기가 온통 헤지고 닳아 있었다. 오래되어 낡은 데다 짙은 회색으로 유행과도 별 상관없던 그 스웨터를, 수현이는 중학교 때부터 입던 거라 마음에 든다며 일본으로 떠날 때 소중하게 챙겨갔더랬다. 얼마나 입었는지 팔꿈치 부분이 해어졌고 여기저기가 늘어져 있었지만, 수현은 그 옷을 입고 있으면 도쿄가 타향 같지 않았고 어둑어둑 해가 질 무렵 집으로 돌아가면 사랑하는 부모님과 가족이 기다리고 있을 것만 같았다.

나중에 수현의 유품과 훈장 등을 모아 고려대학교 박물관 측에 보낼 때, 어머니 신윤찬 여사는 모든 것을 내주면서도 이 스웨터만은 도저히 줄 수가 없었다고 했다. 지금도 그 닳고 해진 스웨터는 수현의 어머니 방 서랍에 고이 간직되어 있다.

수현의 어머니가 아직도 간직하고 있는 스웨터

10장

2021년,
1월의 햇살

수현의 사고 이후 무려 20년이란 시간이 흘렀다. 그가 살아있었다면 올해 만46세의 중년이 되어있을 테다. 20년이라는 짧지 않은 시간이 지났지만, 다시는 수현을 볼 수 없다는 사실이 여전히 믿기지 않는다.

사고가 난 2001년 1월 26일 이후 한 달쯤 지난 2월 24일에 수현의 부모님은 고려대학교 졸업식에 참석했다. 이제는 세상에 없는 아들 수현을 대신해 김정배 총장으로부터 명예 졸업장을 받았다. 고려대학교 최초의 사례였다. 이성대 선생은 눈물을 꾹 참았지만, 신윤찬 여사는 펑펑 눈물을 쏟았다. 입학식 사진에서는 환하게 웃고 있던 수현의 얼굴이 졸업식 사진에는 없었다.

수현의 부모는, "학업을 다 마치지 못한 아들에게 학교가 명예 졸업증을 수여해준 것에 대해 진심으로 감사드립니다." 하고 말했는데, 이 말은 단순한 인사치레가 아니었다. 수현의 부모는 두 분 모두 집안 사정으로 학업을 중단해야 했던 상처가 있었기 때문에 아들이 학업을 마쳤음을 공인받는다는 것이 남다른 의미로 다가왔기 때문이었다. 그것은 일종의 오랜 꿈과 같은 것이었다. 그 꿈이 슬픈 형태로 이루어진 날이었다.

일본에서도 수현의 희생은 큰 반향을 일으키고 있었다. 일본은 전통적으로 남의 일에 잘 간섭하지 않는 개인주의 성향이 강했기 때문에 국적이 다른 젊은 청년이 얼굴도 모르는 사람의 목숨을 구하려다 희생됐다는 사실은 국민 전체에게 큰 충격을 주었다. 이후 일본 전역에서 선로에 떨어진 사람을 구하는 사례가 줄을 이었다. 2006년 5월 25일에는 수현이 사고를 당한 바로 그곳에서 신현구 씨가 선로에 추락한 사람을 구한 일도 있었다. 많은 사람이 수현을 추모하며 자문했다.

"만약 그런 상황이 나에게도 온다면, 나는 과연 그렇게 행동할 수 있었을까?"

일본 각지에서는 수현의 죽음을 애도하는 모금이 이어졌다. 2004년에는 일본에서 드라마 〈겨울연가〉가 엄청난 인기를 끌면서 더욱 한국에 대한 관심이 높아졌는데 이때 인연을 맺은 일본의 '배용준 팬클럽' 회원들은 이후 이수현의 열렬한 지지층이 되어 20주기가 되는 오늘날까지도 매년 신오쿠보역의 추모식에 참석하는 한편 한 해도 빠짐없이 기일이 될 때마다 수현의 부모님을 만나 뜻깊은 자리를 가져왔다. 이후 K-POP 열풍까지 더해지며 일본인들의 한국에 대한 관심은 더욱 고조됐다. 그런 서로의 마음을 보태는 소중한 실천으로 인해, 지금 일본에서는 대중문화뿐 아니라 음식이나 화장품 같은 일상 속 한류까지 더해지며 다양한 분야에서의 교류가 활발하다. 하지만 한편에서는 시대의 사나운 분위기가 고조되며 혐한과 같은 꼴사나운 풍경이 연출되고 있기도 하니 염려스럽기도 하다.

"아들을 어떻게 키우셨습니까?"

사고 직후 수현의 부모는 한국과 일본 양국의 언론으로부터 이런 질문을 가장 많이 받았다. 하지만 그런 질문에 제대로 대답할 수 있는 부모가 세상에 있을까. 수현의 부모도 특별하게 키운 점이 있었나 자문해봤지만 잘 떠오르지 않았다. 그저 상식적인 수준에서 아들이 잘되기를 바랐을 뿐이고 잔소리도 곧잘 했지만 기본적으로 아이들은 자기가 알아서 큰다고 생각해왔다.

"어떤 부모라도 아주 넉넉한 사람이 아니라면 자식을 그저 무탈하게 키우는 것만으로도 힘에 부칩니다. 정신없이 생활하다 보니 어느새 그만큼 성장해있었던 거죠. 그저 항상 눈을 떼지 않고 관심을 거두지 않고 지켜보려고 애쓴 것 정도랄까요. 수현이가 커가면서 어떤 친구를 만나고, 어떤 선생님을 만나고, 어떤 인연을 맺게 되는지까지 부모가 일일이 통제할 수는 없는 노릇이잖아요. 그렇게 해서도 안 될 일이고요. 그냥 자식을 믿어야지요."

수현의 어머니는 그렇게 말했다. 하지만 시원한 대답이 아니었는지 마치 짜기라도 한 것처럼 기자들은 똑같은 질문을 계속 반복했다. 그래서 한 번은 수현의 어머니가 왜 그런 질문을 계속하는 건지 물어본 적이 있었다. 그때 한 기자가 말했다.

"일본 청소년들의 경우에는 정신적으로 너무 황폐해져서 다른 사람을 배려한다는 것을 상상하기 어려운 지경으로까지 나아가고 있어요. 이기적인 젊은이가 많아지고 있습니다. 아드님처럼 곤란에 처한 다른 사람을 위해 목숨까지 내던지며 구하려는 젊은이가 지금 일본에는 얼마나 있을까요? 큰 걱정입니다. 그래서 이수현 군은 어떻게 자랐기에 그런 훌륭한 일을 할 수 있는 젊은이가 되었는지, 자식을 둔 많은 일본의 부모님들이 궁금해합니다."

수현의 부모는 많은 이들의 위로와 격려에 보답하고 아들의 숭고한 뜻을 이어가기 위해 무언가 해야겠다고 생각했다. 수현이 사고가 나던 그해 9월 20일, 수현의 부모와 아카몽카이일본어학교의 아라이 이사장까지 세 사람이 공동 설립위원장이 되어 수현이의 이름으로 장학회를 설립하기로 했다. 아버지 이성대 선생은 사고 직후 일본 각지에서 모인 1천만 엔(약 1억 원)을 이듬해인 2002년, 수현이 공부했던 아카몽카이일본어학교에서 공부하는 한국 유학생들을 위한 장학기금으로 내놓았다. 1주기가 되던 날, 수현의 이름을 딴 'LSH 아시아장학회'가 출범한 것이었다. 이 소식이 알려지면서 수많은 평범한 일본 시민들이 함께하겠다며 동참해주었다. 수현 부모님이 내놓은 돈이 작은 씨앗이었다면 여기에 그 뜻을 함께 이어가고 싶다며 참여해준 분들의 성의가 더해져 큰 줄기를 이루게 된 셈이었다. 그렇게 20년이란 시간 동안 쉬지 않고 이어지며 장학회는 처음보다 규모도 커졌고 시간이 지나면서 수현의 아버지 뜻에 따라 한국뿐 아니라

아시아 전역에서 일본어를 공부하러 오는 학생들을 지원하게 되었다. 그 혜택을 받은 학생 수도 20년 동안 1천 명에 다다랐다.

LSH아시아장학회에서는 매년 10월이 되면 50명 정도의 학생에게 장학금을 지급한다. 초반에는 기금이 많이 모여서 70~80명의 학생에게 15만 엔(한화 약 150만 원)을 지급했다. 지금은 50여 명에게 10만 엔의 현금을 지원한다. 오랜 시간이 지났지만, 지금까지도 많은 일본 국민이 후원하고 있다. 수현의 부모님에게 이 장학회는 큰 위로와 용기가 되고 있다. 수현의 부모님은 말한다.

"정부나 큰 기업이 한 번에 거금을 내놓아 지원하는 게 아니라 선의의 일본 국민들이 조금씩 후원하는 돈으로 진행되어 더욱 뜻깊다고 생각해요."

수현이는 유난히 꿈이 많은 아들이었다. 수현의 어머니는 아들이 얼마나 열정적이고 꿈이 많았는지 알기 때문에, 그 꿈을 못 이루고 간 게 가장 아쉬운 점이라고 했다. 장학회는 수현이가 못다 이룬 꿈을 후배들이 이룰 수 있도록 마련한 작은 터이다. 이제 그는 한일 양국뿐 아니라 아시아와 세계 여러 나라의 가교가 되고 있다. 장학금을 수여하는 행사에 매년 참여하는 어머님은 항상 이렇게 인사한다.

"오늘 저에게는 새로운 아들과 딸이 생겼습니다. 사랑합니다."

후원하신 분들은 장학금을 받는 학생들이 행사장에 들어올 때 미리 양쪽으로 도열 해 기다리고 있다가 크게 손뼉을 쳐 준다. 수현의 어머님이 가장 좋아하는 풍경이다.

수현의 사고 후로, 마음을 가다듬기도 전에 수많은 언론이 취재를 요청해와 수현의 부모님은 어지러웠다. 아들의 의로운 죽음을 추모하기 위한 움직임인데다 감동한 시민들의 자발적인 모금, 편지, 행사 등이 이어지니 그저 고마운 일이었지만, 한편으로는 아들이 너무 미화되는 게 아닐까, 그냥 평범한 스물여섯의 청년이었던 아들의 존재가 좋은 쪽으로든 나쁜 쪽으로든 왜곡되진 않을까, 무척 조심스럽기도 했다.

아들은 영웅도 아니고 대단한 사람도 아니었다. 수현의 부모님에게 수현은 그저 사랑스러운 아들일 뿐이었다. 가장 친했던 친구 성훈도 비슷한 이야기를 자주 한다. 내 친구 수현이는 그냥 수현이일 뿐이라는 것이다. 그냥 아들, 그냥 친구였던 수현이가 TV에 나오고 대문짝만하게 사진이 걸리고 동상이 세워지는 것을 보면 위화감이 들었다.

물론 수현이의 행동은 누구나 할 수 있는 행동은 아니다. 누구나 마땅히 해야 할 일이지만 평범한 우리가 쉽게 하지 못하는 행동인 것도 분명하다. 그러니 훌륭한 일을 한 것은 사실이지만 과분한 평가가 나오면 아무래도 부담스럽다. 가족들, 그리고 친구들이 기억하는 수현은 우선 음악과 운동을 정말 사랑했고 술을 잘 마셨으며 고집이 아주 센, 스물여섯의 건강하고 놀기 좋아하는 청년이었다. 또래의 젊은이들처럼 고민도 많았고 방황도 했으며 이런저런 흠도 있었다. 수현과 가장 친한 친구였던 정성훈은 말한다.

"수현이는 저에게는 정말 소중한 친구였지만, 제가 이렇게 평범한 사람인 것처럼 그 녀석도 그렇게 평범했기 때문에 단짝이 될 수 있었다고 생각해요. 수현이가 대단하고 어마어마한 사람이었다면 제가 어떻게 그렇게 친한 친구가 될 수 있었겠어요? 그런데 그렇게 세상을 떠난 것만 해도 당황스럽고 혼란스러운데 세상에서 수현이를 너무 대단한 사람인 것처럼 크게 묘사하니까, 어쩐지 내 친구 수현이가 맞나 하는 느낌으로 거리감도 생기고 혼란스럽더라고요. 저는 저대로 제가 기억하는 수현이의 모습을 가슴에 담고 살아가고 있습니다. 이제는 저도 결혼해서 아이들을 낳고 한 가족의 가장이 되었습니다만 매년 잊지 않고 수현이의 제사에 가고 있어요. 수현이는 누가 뭐래도 저에게는 그냥 평범한, 하지만 저에게는 정말 소중한 그런 놈이었습니다. 세상이 이렇게 떠들썩하고 소란스러운 걸 알면 누구보다 당황할 사람이 수현이일 거예요. 나서는 거 안 좋아하는 친구예요."

수현의 단짝이고 초등학교 때부터 형제처럼 커온 사람이라 그런지 쿨하고 드라이한 면도 서로 닮은 것 같았다. 성훈이 말을 이었다.

"그 시절 우리는 많은 고민을 함께하며 서로 믿어주고 서로를 인정해주었으며 불확실한 미래에 대한 두려움도 함께 나눠서 반으로 만들었고 서로 의지하며 조언을 아끼지 않았어요. 오랫동안, 앞으로도 같이 할 게 많은데 억울하고 분한 마음도 없지 않죠. 수현이에게 서운하고요. 하지만 괜찮아요. 돌이켜보면 제가 가장 사랑하는 친구와의 추억은, 앞으로 살아가며 두고두고 떠올리고 힘을 얻을 만큼 이미 충분하다는 생각도 들어요."

하지만 수현의 죽음이 우리에게 큰 울림을 주는 것은, 역설적으로 그가 고민도 많았고 좌절도 하면서 많은 방황을 하던 평범한 젊은이였다는 점에 있는 게 아닐까. 보통의 젊은이가 그런 용기를 보여줬다는 점이 우리에게 더욱 무겁게 다가오는 것이다. 일본 한류의 중심지랄 수 있는 도쿄 신오쿠보에서, 매년 수현의 기일인 1월 26일에 수현의 의로운 행동을 추모하는 행사가 꾸준히 열리고 있는 것도 바로 그런 이유 때문일 것이다.

20년이 지난 지금 이곳은 수현이 꿈꿨던 한일관계와는 사뭇 다른 모습이기도 하다. 한일우호를 위해 일본에 온 수현이 희생한 장소이자 한류의 메카이기도 하지만 최근엔 혐한 시위의 장소가 되고 있기도 하기 때문이다. 그럼에도 일부 극단적인 사람들을 제외한 대다수의 일본인은 여전히 수현의 정신을 높이 평가하며 양국이 보다 우호적인 관계로 나아가기 위해 노력해야 한다고 말한다. 신오쿠보의 한국인 거리 딱 중간쯤 위치한 신발가게 '나이토'는 100년이 넘는 시간, 3대에 걸쳐 같은 자리에서 영업 중인 신오쿠보 거리의 유명한 가게인데 상가진흥협의회 부회장도 맡고 있는 이 거리의 터줏대감이자 사장은 그날 수현의 사고현장을 생생하게 기억하며 당시를 회고한다.

"한국이냐 일본이냐가 중요한 게 아니죠. 한국 사람이 일본 사람을 구한 게 아니에요. 사람이 사람을 구한 것입니다. 당연한 일이지만 아무나 할 수 없는 일이죠."

신오쿠보역 근처는 이제 다문화거리의 느낌이 물씬하다. 코리아타운이 여전히 있지만, 당시와 달리 한국뿐 아니라 베트남, 중국, 네팔 등 다양한 국적을 가진 아시아인들의 메카로 발전했다. 한국인들이 개척해놓은 곳에, 다른 나라에서 온 사람들이 그 성공하는 모습을 보면서 모여들었다.

20년 전 오늘, 수현이는 이 거리에서 저 횡단보도를 건너 역으로 들어가 저 계단을 올라 플랫폼에 닿았을 것이다. 그의 마지막 순간을 이렇게 시뮬레이션해보는 일은 아득하다. 숙소에서 일어나 집 안을 정리하고 설거지나 빨래를 개키는 등 소소한 일을 마치고 부랴부랴 집을 나서서 전철을 타고 아르바이트를 하러 왔겠지. 눈이 펑펑 내리던 그 날, 최선을 다해 하루 일과를 마치고 친구들을 만나러 개찰구로 들어섰을 때 그의 귀에는 이어폰이 꽂혀있었을까. 그랬다면 어떤 음악을 듣고 있었을까.

수현의 부모님은 매년 신오쿠보역에 올 때마다, 20년의 세월이 지났지만 아직도 아들이 여기 있는 것 같은 느낌을 받곤 한다. 아들은 지난 20년 동안 이곳에서 신오쿠보의 변화를 쭉 지켜보고 있었을지도 모른다. 역에 도착하면 사고가 난 승강장 아래를 향해 합장하고 묵념한 뒤 역 안에 마련된 헌화대에, 신오쿠보역 관계자들이 마련해 준 아름다운 꽃다발을 바친다. 수많은 취재진에 둘러싸여 인터뷰한다. 20년이 지났어도 수현을 위해 찾아오는, 처음 보는 일본의 보통 시민들로부터 마음이 담긴 편지와 선물을 받고 따뜻한 위로의 말을 듣는다. 스무 번째 반복되고 있지만 늘 새롭고 늘 고맙고, 그리고 늘 슬프다. 더구나 한겨울, 추운 날씨임에도 이렇게 많은 사람이 여전히 수현을 위해 마음을 보태주고 있다는 사실이 고맙다.

수현의 부모님은 오랫동안 부지런히 일본을 오가며 많은 행사에 참여하고 활동해왔다. 그것이 한국과 일본을 잇는 작은 다리가

수현의 부모님은 매년 1월 26일, 아들의 기일에 맞춰 추모행사에 참석하기 위해 신오쿠보
역에 간다. 2020년 1월 26일의 모습.

되려 했던 아들의 뜻을 잇는 길이라고 생각하며 최선을 다했다. 수현의 기일에는 바로 전날 부산에서 제사를 지내고, 다음날 낮 비행기로 건너와 신오쿠보역에 헌화한 뒤 온종일 빡빡한 스케줄을 소화하고 피로한 와중에도 기다리는 모든 사람과 밝은 표정으로 환담을 나누려고 애썼다. 그때마다 아카몽카이일본어학교의 아라이 이사장을 비롯한 장학회 관계자들이 늘 좋은 친구가 되어 수현의 부모님을 보살폈다.

수현의 죽음 이후 아들 대신 동분서주하며 아들의 못다 한 꿈을 이루기 위해 헌신한 수현의 아버지 이성대 선생도 2019년 3월 21일 작고해 영락공원에 있는 수현의 묘소 곁에 모셔졌다. 당시 고노 다로 일본 외무상은 다음과 같은 조의 메시지를 발표했다.

"이수현 씨가 세상을 떠난 뒤 같은 뜻을 갖고 아시아 국가에서 일본어를 배우러 온 유학생들을 지원하기 위해 설립된 것이 LSH아시아장학회였다. 그 명예회장으로서 오래 활약한 분이 이성대 씨였다. (중략) 이수현 씨, 이성대 씨가 남긴 발자취를 상기할 때 깊은 슬픔의 마음을 금할 수 없다. 동시에 일본 외무상으로서 두 분의 마음의 등불이 꺼지지 않도록 이어받아야 한다는 결의를 새롭게 하고 있다."

지금 영락공원에는 어머님과 수현의 동생 수진 씨가 이성대 선생과 수현을 위해 함께 장미를 심어놓았다.

사고가 있었던 신오쿠보역의 이모저모도 많이 변했다. 안전대

부산 영락공원.
수현과 이성대 선생의 묘.

책도 보강됐고 여러 제도도 새로 생겨났다. 레일 옆 승강장 밑 긴급 대피지역이 당시에는 건축자재로 막혀있었고 다른 쪽도 옆 선로와의 사이에 철판 벽이 있어 수현 일행이 피할 수 없었는데 지금은 승객들을 보호하는 벽이 세워진 한편 선로 옆도 비상시를 대비해 개선되었다. 사고 후 새로 설치된 스크린도어도 큰 변화이고 수현의 사고가 난 바로 그 자리에는 비상벨도 설치됐다. 소 잃고 외양간 고치는 격이고 만시지탄이지만 작은 변화라도 반갑고 고마운 일이다. 관할 철도회사 JR 히가시니혼은 역 구내매점에서 사고의 원인이었던 술 판매를 금지했다.

한국에서도 중학교 2학년 도덕 교과서 '사회생활에 필요한 가치 탐색' 단원에 '재일 한국 유학생의 의로운 죽음'이라는 제목으로 수현의 이야기가 실렸다. 수현의 고등학교 시절 교장이었던 한경동 선생님은 제자의 뜻을 기려 '의인 이수현 정신 선양회'의 회장을 맡아 수현의 정신을 승화시키기 위해 애쓰고 있다. 매년 글짓기 대회를 개최하고 수상작들을 문집으로도 펴내고 있다.

2007년에는 수현을 추모하는 한일합작영화 〈너를 잊지 않을 거야(あなたを忘れない)〉가 개봉했고 시사회에는 일본 천황 부부와 아베 총리의 부인이 참석했다. 2015년에는 수현을 추모하기 위해 나카무라 사토미가 제작한 다큐멘터리 영화 〈가케하시(かけはし, 架橋, 가교)〉가 개봉하여 고인과 당시 상황을 기억하는 많은 일본인의

수현의 뜻을 기리며 제작된 다큐멘터리와 영화의 포스터

호평을 받았다. 도쿄 시부야의 소극장에서 첫 상영을 한 이후 오사카와 규슈 등 일본 전역을 돌며 상영하고 있고 지금도 현재진행형이다. 나카무라 사토미 씨는 어째서 이렇게 오랜 시간, 수현의 사고 직후부터 무려 20년이라는 시간 동안 수현을 추모하기 위해 헌신적으로 살아가고 있을까. 그렇게 물었을 때 그녀는 말했다.

"1985년 도쿄 군마현에서 JAL 항공기가 운항 중 산에 부딪혀 500여 명이 사망하는 대형 참사가 일어난 적이 있어요. 일본인들은 이 참사를 추모하는 행사를 매년 하고 있습니다. 옴진리교 사린가스 사태에 대해서도 마찬가지죠. 우리는 항상 기억하려 하고 추모하려고 노력합니다. 오히려 우리에 비해 한국이야말로 10주년, 20주년,

100주년 등 무슨 기념할 만한 주기가 되어서야 겨우 추모하는 흉내 정도만 내는 건 아닌지 되묻고 싶어요. 매년, 매번, 일상 속에서 추모하는 행위는 이런 질문을 받는 게 이상할 정도로 당연하다고 생각해요. 일상적으로 쌓이는 것 이상으로 단단한 것은 없다고 생각합니다."

나카무라 사토미 씨의 지적은 한국인으로서 뼈아프다. 실제로 수현이 태어나고 자란 한국에서 오히려 이수현의 이름 석 자는 빠르게 잊히고 있는 것 같아 안타깝다. 이수현에 대해 아는지 물어보면 대부분 어렴풋하게 알 것도 같다는 식으로 대답하거나, 아예 모른다고 답하는 이들이 늘어났다. 수현의 고향 부산에서 한일 양국의 우호를 위한 사업을 벌여오던 부산한일문화교류협회는 특히 이런 현실을 안타까워했다. 부산에서나마 그의 고귀한 희생정신을 다시 한 번 불러일으켜 많은 사람과 공감할 수 있다면 좋겠다는 생각에 2010년부터 본격적인 사업을 펼쳐왔다. 당시, 주부산일본국총영사관 다미쓰지 슈이츠(民辻秀逸) 총영사의 제안으로 한국과 일본의 젊은이들에게 의인 이수현의 존재를 알리고, 이수현이라는 인물을 통해서 한일교류의 새로운 전환점을 마련해 보자는 뜻에서 '아름다운 청년 이수현 모임'(이하, 아이모)이 시작되었다.

'아이모'는 부산에 유학 중인 일본인 대학생과 한국 측 대학생

2010년 5월 30일, 의인 이수현을 추모하고 그 뜻을 이어가고자 한국과 일본의
대학생 30명이 주축이 된 '아름다운 청년 이수현 모임'이 부산 어린이대공원에서
출범하였다.

이 주축이 되어 많은 시민이 의인 이수현의 의로운 모습을 공감할
수 있도록 다양한 행사를 열었고 이를 통해 추모의 의미를 넘어서
이제는 수현을 우리 시대의 희망으로 새롭게 자리매김해보고자 노
력했다. 2010년 시작된 아이모는 한국과 일본의 대학생 30명과 한
일 교류관계자 등 50여 명이 이수현을 기억하기 위한 의미 있는 행
사를 기획하여 매년 실시되고 있다.

이수현 10주기였던 2011년에는 '안녕, 이수현'이라는 테마로
그의 숨결이 고스란히 남아있는 유품과 사진 등을 전시하였고, 같은
해 3월 한국 대중가수로는 최초로 추가열이 '너를 잊지 않을게'라는
노래를 직접 제작하여 헌정했다.

2013년에는 수현의 아버지 이성대 선생이 사직야구장 마운드

위) 2013년 5월11일, 이성대 선생은 사직야구장 마운드에서 수현의 이름이 적힌 유니폼을 입고 힘차게 시구했다.

아래) 2014년 5월 17일부터 23일까지 부산광역시청에서 '사진으로 만나는 부산의 아름다운 청년 이수현' 사진전이 개최되었다.

에서 아들의 이름이 적힌 유니폼을 입고 힘차게 시구하는 모습이 전국으로 중계되었고, 2014년에는 수현의 삶을 한눈에 볼 수 있는 사진전이 부산광역시청에서 개최되기도 하였다.

2015년과 2016년은 일한문화교류기금의 협력으로 일본에서 대학생 15명을 초청하여 한국의 대학생들과 함께 2박 3일 간 수현의 삶을 되돌아보고 미래지향적 한일교류의 방향을 논의하는 포럼이 개최되었다.

2017년에는 이수현 명예도로명 부여를 위한 캠페인을 한일 양국 대학생과 관계자들이 펼쳤는데, 약 2천 명의 시민 서명을 받아 금정구청에 제출했고 같은 해 12월 금정구는 수현의 모교인 내성고등학교 앞길(금정구 서동로 31번길)을 명예도로명 '의인 이수현길'로 지정하였다.

2018년은 '의인 이수현길' 명예도로 지정을 기념하여 한일 대학생 및 한일교류 관계자 등 60여 명이 내성고등학교에서 이수현 묘소(영락공원 의사자 묘역)까지 약 8km를 걸으면서, 길에서 만나는 시민들에게 이수현을 기억하자는 전단지를 배부하며 추모의 뜻을 이어갔다.

아이모가 발족 10주년을 맞이한 2019년에는 한국과 일본의 대학생들이 부산에 남아있는 수현의 흔적을 직접 찾아 영상물을 제

위) 2017년 12월 13일, '의인 이수현길' 명예도로명 간판을 부착하는 행사에 이성대 선생과 신윤찬 여사가 직접 참석하여 기쁨을 나눴다.

아래) 2018년 9월 15일, '의인 이수현길' 명예도로 지정을 기념하여 아이모 회원, 관계자, 일반 시민 등 60여 명이 시민걷기대회에 참가했다.

작하고 발표하는 행사를 열었다. 이 영상물은 페이스북을 비롯한 SNS을 통해 공개되어 많은 호평을 얻었다.

매년 수현을 위해 많은 행사를 준비하고 진행해 온 부산한일문화교류협회 입장에서 20주기를 맞이하는 감회를 물었을 때, 수현의 고등학교 선배이기도 한 오세웅 차장은 말했다.

"인간의 기억이란 자연과 마찬가지로 풍화작용(風化作用)을 겪는 것 같습니다. 거대한 바위도 세찬 비바람과 강렬한 햇빛으로 그 모습을 잃고 조금씩 변화해 갈 수밖에 없지 않겠습니까. 대자연의 미물인 인간 역시 그 흐름을 거스를 수는 없다고 생각해요. 차가운 선로에 떨어진 생명을 구하러 뛰어든 어느 청년의 고귀한 모습을 함께 기억하자는 외침이 공허한 메아리로 돌아오는 것을 알면서도, 부산한일문화교류협회는 지금도 변치 않는 마음으로 묵묵히 이수현과 함께하고 있습니다. 누구나 할 수 있지만 아무나 할 수 없는 그 고귀한 희생의 정신을 잘 이어가고 싶었습니다. 인간이 인간을 위해 할 수 있는 가장 단순하면서도 가장 어려운 모습을, 수현이는 우리에게 보여주고 먼 길을 떠났습니다. 그가 우리에게 전해준 메시지를 어떻게 풀어가야 할 것인가에 대해 다시 한번 생각해보는 계기가 됐으면 합니다."

꿈 많았던 청년의 안타까운 죽음에 마냥 슬퍼하지 않고, 그를 이 시대의 희망으로 다시 조명하기 위해 일상에서부터 작은 노력을 이어가야 하는 것은 비단 부산한일문화교류협회에게만 주어진 과제는 아닐 것이다.

누군가 떠나고 누군가 도착하는 세상의 모든 역(驛)은 우리를
그렇게 만든다. 떠나는 사람도, 도착하는 사람도 그렇다. 그래서 오
랫동안 예술, 특히 문학작품에서는 역이 자주 중요한 배경으로 등장
해왔다. 그곳에서는 사람들이 만나고 헤어지며, 떠났다가 돌아온다.
끊임없이 움직이는 하나의 작은 우주다. 수현이도 그렇게 많은 설렘
과 꿈을 안고 거기 서 있었을 것이다. 힘차게 미래를 꿈꾸고 또 어디
론가 끊임없이 떠나고만 싶은 청춘의 한 마디를 채우고 있었을 것이
다. 20세기의 대문호 톨스토이도 그렇게 막 떠나려는 기차역에서 생
을 마감했다. 역에서는 언제나 새로운 생이 시작하고, 어떤 생은 마
무리된다. 운명이 어느 장소보다도 강하게 오가는 공간이다. 우리
는, 그 누구도 열차를 타는 순간 그 이전으로 돌아오지 못한다. 그날
신오쿠보역에 조용히 서 있던 사람들도 저마다 마음속으로 어떤 그
리운 생각을, 내면 깊숙이 가득한 할 말들을 담고 어디론가 떠나려
는 참이었을 것이다. 그 자리에서 수현만 사라지고 세상은 여전히
계속되고 있다. 덜컹거리는 기차 소리도 반복되고 있다.

수현의 어머님은 "우리 수현이를 계속 기억해주세요." 라고 말
한다. 아들이 세상을 떠나고 나서 매스컴에서는 연일 1면에 보도하
며 시끌벅적했지만, 매스컴의 속성상 언제 그랬냐는 듯 또 연기처럼
사라져버리게 만들기도 한다. 어머님은 그게 두렵다. 시간이 지나면

서 어머님은 수현이 또래의 청년들, 아니 이제는 중년이 된 사람들을 볼 때 점점 더 아들 생각이 많이 난다고 했다. 지하철을 타고 가다 문득 꼬마들이 보이면, 수현이도 살아있었더라면 지금쯤 저런 아이들의 아빠가 되어있을 텐데... 생각이 든단다. 365일 매일 생각나지만 특히 간절하게 생각날 때가 그럴 때다. 그런 마음을 수현의 친구 성훈도 잘 알고 있다. 수현이 떠난 뒤, 매년 제사에 참석하기 위해 찾아오고 있는 성훈도 이제는 아이 둘의 아빠가 되었다. 언젠가부터 아이들을 데리고 제사에 참석하고 있는 그는 말했다.

"수현이 부모님도 아마 수현이가 자식 낳고 평범하게 사는 모습을 보고 싶으셨을 거예요. 친구인 저와 제 아이 모습을 보면서 조금이나마 대리만족하실 수 있다면 좋겠어요. 더 아파하실 수도 있겠지만 그런 마음으로 아이를 데리고 오죠. 제 아이를 수현이 아이처럼 예뻐하십니다."

수현과 성훈이 처음 만나 한창 뛰어놀 때의 나이보다, 이제는 성훈 아이들의 나이가 더 많다. 성훈은 매년 수현의 제사에 참석하고 나면 SNS를 통해 수현의 소식을 알리고 있다. 한 해가 시작되는 1월이기도 해서 본인의 마음도 가다듬기 위해 늘 아래와 같은 글을 올린다.

"오늘 너를 만나고 나는 또 행복한 한 해를 살아간다. 함께 나눌 수 없는 행복이 사치로 느껴질 때 나는 너의 몫까지 열심히 살고 있는 것이라 믿는다."

가장 친한 친구 성훈과 함께 한 수현의 모습

수현이가 세상을 떠나고 매년 함께 모여 수현을 추억하고 가족들을 위로하던 친구들도 이제는 소식이 드문드문하다. 처음엔 서운한 마음도 들었지만, 각자의 자리에서 지금도 수현의 몫까지 최선을 다해 살아가고 있을 것이다. 30대로 접어들며 각자 바빠진 친구들, 한창 두려운 미래를 돌파하며 세상 속에 자기 자리 한 줌을 만들어야 할 나이, 그 나이를 지나 이제는 40대 중반이 되었다. 저마다 말 못 할 사정이 있다는 평범한 진리를 이제는 조금쯤 알게 된 나이가 되었다.

수현의 어머니는 지금도 매일 아침 6시에 일어나면 도와준 분들을 위해 기도하고 일상을 시작한다. 부모님 모두 불교 신자인 집안이어서 수현이도 생전에 계(戒)를 받은 적이 있다. 수현의 어머님은 2001년 사고 이후 매일 일본에서 엄청난 양의 편지를 받았다. 그 편지들을 직접 읽고 싶어서 전혀 몰랐던 일본어를 배우기로 결심했다. 번역을 누구에게 부탁하는 게 민폐라는 생각에 스스로 공부해야겠다고 생각했다. 그러면서 아들은 왜 일본을 좋아하게 된 걸까 궁금해지기도 했다. 아들을 위한 일이라고 생각하며 열심히 공부해서인지 지금은 일본에서 인사말이나 의사소통을 통역 없이 직접 한다. 이메일이나 메신저를 활용해서도 일본어로 소통한다. 한 해가 가고 다시 새해가 오면 사람들은 한 살씩 더 먹고 수현이의 기일도 다가온다. 집필을 마무리할 즈음, 어머님께 끝으로 한 마디 부탁했을 때 담담하지만 너무도 솔직한 이야기를 들려주어 마음이 아팠다.

"아들에게 늘 말했던 게 있어요. 어딜 가든 필요한 사람이 되어라. 어려운 사람이 있다면 되도록 도와주어라. 수현이는 그렇게 제가 부탁한 말을 다 한 거예요. 그렇다면 왜 이런 결과가 생긴 걸까요. 제가 뭔가 잘못한 건 아닐까요? 제가 너무 아이에게 곧이곧대로 얘기하며 키워온 걸까요? 제가 욕심이 많았던 걸까요? 제 허물을 모두 아들이 짊어지고 간 것 같아 마음이 아파요. 그래도 울지 않으려고 노력했어요. 수현이는 우는 걸 싫어했어요. 하늘나라에서 제가 우는 걸 보면 분명히 싫어했을 거예요. 아들을 좋은 곳으로 데려다 달라고 부처님께 기도하면서도 울지는 않으려고 무던히도 노력했죠. 저는 아들이 어떤 사람으로 성장할지 오랫동안 궁금했어요. 어떤 멋진 일을 해낼지 기대했고요. 아들은 그런 제 기대를 너무 짧고 굵게 채워줘 버린 셈입니다. 단번에 해치운 거죠. 목숨과 맞바꾸면서요. 제가 늘 인생은 가늘고 길게 살기보다 굵고 짧게 사는 게 낫다고 얘기했는데 아들의 인생이 그렇게 되었어요. 인간이 단순히 먹고 사는 일에만 몰두하면서 오래 살면 뭐 하냐고, 가치 있는 일을 위해 산다면 비록 짧더라도 의미 있다고 생각해서 그랬죠. 하지만 지금 솔직한 심정은 아들이 좀 더 오래 살아주었더라면 얼마나 좋았을까 싶어요. 죄를 짓고 남에게 해코지를 좀 하더라도 제 곁에 좀 더 오래 있어 주었더라면 좋았을 거라고 솔직히 생각하고 있어요. 세상의 모든 어머니가 아들에 대해서는 같은 마음일 테니 이런 제 마음도 이해해주시면 좋겠어요. 지금도 20년이 지났지만 만지고 싶고 쓰다듬고 싶고 너무나 보고 싶은 마음은 전혀 줄어들지 않아요."

20년이 지난 지금도 수현의 홈페이지에는 수많은 네티즌이 다녀가고 있다. 수현은 한여름인 7월에 태어나, 한겨울인 1월에 세상을 떠났다. 그 뜨거움으로 세상의 차가움을 안아 녹여보려고 했던 것은 아닐까.

1월은 모든 것이 새로 시작하는 열기로 가득하지만 동시에 여전히 한겨울인 비대칭의 모순으로 비현실적인 분위기를 자아내는 시기이다. 이 시절에 우리에게 필요한 것은 무엇일까. 세월이 지날수록, 나이를 먹을수록, 열심히 살아보려 할수록, 식어만 가고 그래서 차가워만 지는 마음을 조금이나마 밝혀주고 데워줄 한 줄기 햇살이 아닐까.

21세기가 시작하는 첫 달에, 우리에게 큰 가르침을 주고 떠난 아름다운 청년 이수현의 삶을 돌아보며 깊은 추모의 마음과 함께 글을 맺는다.

'우리는 인간 [我々は人間]'

딱 1년 전, 2020년 1월 25일은 설날이었다. 오전에 아내와 아이들을 데리고 남천동 부모님 댁에 가서 떡국을 먹고 세배했다. 그리고 곧바로 혼자 김해공항으로 향했다. 오후 2시에 출발하는 도쿄행 비행기에 타기 위해서였다. 나는 다음날 도쿄 신오쿠보역에서 있을 수현의 19주기 행사에 어머님을 모시고 동행할 예정이었다. 공항에는 수현의 어머니가 먼저 도착해 대합실에 앉아 계셨다.

"항상 남편이랑 같이 갔는데 처음으로 혼자 가려니까 기분이 이상해. 그래도 자네랑 같이 가게 되었으니 다행이야."

어머님이 환하게 웃으시며 말씀하셨다. 수현이 세상을 떠나고 이후 18년 동안 아들의 뜻을 이어가기 위해 동분서주하시다 지난해 돌아가신, 생전 참 다정하셨던 아버님의 모습이 떠올라 콧등이 시큰해졌다.

"설날에 이렇게 집을 비우면 어떻게 해? 부모님께 세배는 드리고 왔어? 수현이가 살아있었더라면 지금쯤 자네처럼 결혼도 하고 아빠도 되었겠지. 거리를 걷다가 자네 또래 아빠들이 아이들과 웃으면서 걸어가는 모습을 볼 때 수현이 생각이 가장 많이 나."

아무렇지 않게 웃으시며 하신 말씀이 마음에 세게 박혀서 이후로도 문득문득 떠올랐다.

도쿄에 도착한 뒤 나흘 동안, 어머님과 함께 많은 사람을 만나고 여러 행사에 참석했다. 신오쿠보역, 수현의 사고 현장을 실제로 처음 보게 되었을 때는 관념적이라기보다 구체적인 슬픔이 느껴져서 몸이 먼저 반응했다. 수현의 사고 이후 오랫동안 수현의 부모님과 함께 수현의 뜻을 잇기 위해 헌신해온 아카몽카이일본어학교의 아라이 도키요시 이사장과 여러 관계자들도 만났다. 제과학교 진학을 확정하고 아르바이트 중이라는, 이수현장학회의 장학생을 만난 것도 기억에 남는다. 그를 통해 이수현장학회의 수혜를 받은 학생들이 어떻게 서로 만나고 의지하며 또 다른 세계로 나아가고 있는지를 알게 되었다.

다큐멘터리 영화 '가케하시(かけはし)'를 제작한 나카무라 사토미 씨의 열정에도 감동했다. 오랜 시간이 지났지만, 아직도 수현을 기리는 영화를 보기 위해 수많은 일본 시민들이 퇴근 이후 저녁 시간을 할애해 찾아오고 있다는 것도 놀라웠다.

배용준 팬클럽 회원들의 환대도 잊을 수 없고, 신주쿠에서 열린 이수현 추모 간담회에서 만난 분들도 인상적이었다. 모두가 수현의 사고 직후부터 지금까지 오랜 시간 동안 변함없이, 진심으로 수현의 어머니를 위로하고 수현의 뜻을 기리고 있었다.

누군가를 진심으로 좋아할 줄 아는 것도 큰 능력이다. 거기에는 용기가 필요하기 때문이다. 누군가를 좋아하고 마음을 다해 응원할 줄 아는 사람들, 그 긍정적인 에너지로 둘러싸인 사람들이 세상을 바꾼다.

신주쿠 모임에서 마지막에 다 함께 외친 '와레와레와닝겐(我々は人間)'이라는 말이 가슴 속 깊이 파고들었다. '우리는 인간'이라는 의미로, 국경이나 그 밖의 어떤 경계도 우리 모두가 다 같은 인간이라는 사실을 넘어설 수는 없음을 강조한 말이었다. "내가 치료한 사람은 프랑스 군인도, 독일 군인도 아닌 부상당한 한 인간이었다." 라던 독일의 대문호 에른스트 톨러의 말이 떠올랐다.

도쿄에서의 마지막 날 호텔을 나설 때 바깥에서는 눈이 내렸다. 그 눈을 보며 시인 윤동주를 떠올렸다. 수현이와 비슷한 나이에 일본에서 세상을 떠난 윤동주 시인도 아름다운 청년이었다. 그의 시 〈눈〉은 한겨울 세상 위로 떨어지는 눈송이를 노래한다. 이 시가 이 책의 제목을 지을 때 영감을 주었다.

눈

윤동주

지난밤에
눈이 소오복이 왔네
지붕이랑
길이랑 밭이랑

추워 한다고
덮어주는 이불인가 봐
그러기에
추운 겨울에만 내리지

수현이가 일본으로 유학을 떠나기 직전, 나는 그와 잠깐 밴드 활동을 함께 했다. 그 짧은 인연이 20년이란 시간을 거쳐 오늘에 이르렀다. 수현의 20주기를 추모하기 위한 책의 집필을 처음 의뢰받았을 때 나에게 자격이 있는 건지 자신이 없었다. 수현의 친구라고는 하지만, 나는 그에 대해 아는 게 너무 없었다. 게다가 짧은 생을 살다 간 친구의 지난날을 더듬는 일은 상상만으로도 고통스러웠다. 결국 책을 쓰게 되었지만, 이후로 자주 후회했다. 집필을 마친 지금도 오히려 시작할 때보다 더 마음이 무거워졌다. 책을 쓰면서는 세수를 자주 했는데 낮에는 집중할 수가 없어서 주로 새벽에 쓰다 보니 잠을 쫓기 위해서도 그랬지만, 자료를 찾고 몇 글자 쓰다 보면 자주 감정이 복받쳤다.

서구 미술사의 중요한 주제 중 하나인 '피에타 Pieta'는 어원상으로 '슬픔'을 의미한다. 주로 죽은 예수를 안은 성모상을 가리키는 말로 미켈란젤로의 피에타상이 아마도 가장 유명한 작품일 것이다. 그것은 인간의 슬픔을 가장 극단적으로 드러내는 주제이기도 하다.

바로 죽은 자식을 안고 있는 어미의 모습이다. 이 책은 수현을 위한 책이면서 동시에 수현의 가족들, 그중에서도 특히 어머님을 위한 책이기도 하다.

그동안 일본에서는 수현이에 관한 책이 산발적으로 몇 권 발간되었지만, 한국어로 된 책으로는 수현의 생애를 기록한 책이 없었다. 일본에서 발간된 〈あなたを忘れない―韓国人留学生·李秀賢おぼえ書き〉(康熙奉, 2001), 〈李秀賢さんあなたの勇気を忘れない―不幸な事故死から一年、感動の記録〉(佐桑徹, 2002)를 비롯해 비매품으로 발간된 추모글 모음집, 수현의 홈페이지에 남아있는 글, 당시 신문기사 등이 오랜 세월이 지나 자료가 턱없이 부족한 상황에서 집필에 큰 도움을 주었다. 늦었지만 이 책을 통해 한국에서도 수현의 삶이 어느 정도는 공식적인 기록으로 남게 된 것 같아 기쁘다. 시간이 좀 더 있었다면, 코로나바이러스만 아니었더라면, 그런 여러 생각이 들지만 모두 변명이다. 이 책의 모자란 점은 모두 내가 책임져야 할 몫이다.

먼저, 책의 발간을 제안해준 (사)부산한일문화교류협회의 하숙경 사무처장과 오세웅 차장에게 감사의 인사를 드리고 싶다. 특히 수현의 고등학교 선배라는 이유로 여러 번의 인터뷰와 답사, 촬영부터 교정·교열 등 책이 나오는 마지막 순간까지 내내 헌신해준 오세웅 차장에게 깊은 감사의 마음을 전한다.

고통스러운 친구의 기억을 자꾸 들춰내게 해도, 싫은 내색 없이 환대해주며 많은 도움을 준 수현의 친구 정성훈에게도 지면을 빌려 다시 한번 감사의 인사를 건넨다. 무엇보다 수현의 가족들에게는 엎드려 감사와 위로의 마음을 전하고 싶다. 생전 아버님의 모습이 떠오른다. 동생 수진 씨와 어머님이 없었더라면 이 책은 나오지 못했을 것이다. 오래오래 건강하시고 평안하시기를 온 마음을 담아 소망한다.

나이를 먹을수록 인생의 비밀은 모순에 있다는 걸 느끼게 된다. 동전의 양면처럼 하나의 세계가 사라지면 다른 세계가 나타나는데 그 두 세계는 늘 함께한다. 수현의 의로운 죽음은 우리에게 지금보다 더 나은 세계를 바라보라는 계시처럼 여겨진다. 동전의 양면처럼 그렇게, 우리가 만들어갈 더 나은 세계 속에 수현이도 함께하고 있을 것을 확신한다.

고개 들어 하늘을 보니, 오늘따라 1월의 햇살이 유난히 맑고 따스하다.

지은이와 수현의 부모님

이수현 연보

수현의 20주기를 추모하며

신윤찬 이수현 어머니
김영건 (사)부산한일문화교류협회 이사장
마루야마 코우헤이 주부산일본국총영사
아라이 도키요시 아카몽카이일본어학교 이사장

고마운 사람들

이수현 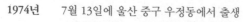 연보

1974년   7월 13일에 울산 중구 우정동에서 출생

1976년   부산 동래구 수안동으로 이사

1987년   낙민초등학교 졸업. 동래중학교 입학

1988년   기타연주를 시작하며 음악의 매력에 빠짐

1990년   동래중학교 졸업. 내성고등학교 입학

1993년   내성고등학교 졸업. 고려대학교 경상대학 무역학과 입학

          3월부터 충남 연기군 조치원읍 서창리 160번지에서 자취 시작

          처음으로 가족과 떨어져 타향에서 혼자 살며 향수병을 앓음

1994년   1월에 육군 입대

1996년   3월에 제대해 어릴 적 친구들과 제주 여행

1997년   친구들과 자전거로 전국 일주

1998년   밴드 〈무단외박〉 기타리스트로 활동하며 다수 공연

          7월에 서해와 남해를 따라 13박 14일 자전거 여행

1999년   대학 졸업 한 학기를 남겨두고 7월에 휴학.

          8월 27일 아카몽카이일본어학교 입학 원서 제출

          11월 일본 도쿄로 떠나 입학 준비

2000년   1월 아카몽카이일본어학교 입학 (초급2 과정)

          4월 중급4 과정 승급

          신오쿠보역 앞 Net-Spider PC방 아르바이트 시작

          7월 중급3 과정 승급

          8월 24일 후지산 정상 산악자전거 등반 성공

          11월 자전거를 타고 가다 택시와 부딪히는 교통사고 발생

          12월 일시 귀국해 부모님과 진로 의논 후
이듬해 1월 9일 도쿄로 돌아감

2001년	1월 26일 도쿄 신오쿠보역에서 사망. 향년 26세
	(부산 금정구 두구동 부산시립공원 묘지 내 7묘원 39블록 1106호에 영면)
	2월 24일 고려대학교 명예 졸업장 수여 (고려대학교 제1호)
	5월 26일 부산 어린이대공원 내 이수현 추모비 건립
	7월 1일 아카몽카이일본어학교에 추모비와 기념공원 조성
	9월 20일 이듬해 1월 26일 1주기에 설립총회 목표로 장학회 준비
	10월 15일 방한한 고이즈미 일본 총리가 서울 성북동 일본 대사관저에서 수현의 가족과 친구들 접견
	10월 19일 이성대 선생 수현의 모교 고려대에 장학금 1억 원 기탁
	11월 일본 천황 부부가 황거(皇居)로 이수현의 부모 초청
2002년	LSH아시아장학회 출범
	한국 중학교 2학년 도덕 교과서 등재
	일본국제교류기금 '이수현씨 기념 한국청소년방일연수' 사업 개시
	이수현 훈장 및 유품 등 총 82점 고려대학교 박물관에 기증
2003년	'의인 이수현 정신 선양회' 출범 (회장 : 한경동 / 내성고등학교 前교장)
2004년	낙민초등학교 교정에 이수현 추모 흉상 건립
2005년	아소 다로 일본 외무대신 이수현 추모비(어린이대공원 내) 참배 및 헌화
2007년	고려대학교 교우회 창립 100주년 기념 사회활동부문 특별상 수상자로 이수현 선정
	한일합작영화 「너를 잊지 않을 거야[あなたを忘れない]」개봉
	시사회에 아키히토 천황 부부와 아베 총리의 부인 참석
2010년	부산한일문화교류협회 이수현 추모사업 '아름다운 청년 이수현 모임' 발족
	오카다 가쓰야 일본 외무대신 이수현 묘소 참배 및 헌화
2011년	도쿄에서 10주기 추모식. 한일 각계 저명인사 약 300여 명 참석
	이성대 선생 동일본대지진 의연금 1,000만 원 기탁
	가수 추가열 한국 대중가수로는 최초로 이수현 추모곡 '너를 잊지 않을게' 발표
	이성대 선생과 신윤찬 여사 일본 외무대신 표창장 수상

2015년	이성대 선생 일본 정부 훈장 욱일쌍광장(旭日雙光章) 수훈
2017년	다큐멘터리 영화 '가교(かけはし/가케하시)' 일본 국내 개봉
2018년	하토야마 유키오(鳩山由紀夫) 일본 前총리 이수현 묘소 참배 및 헌화
2019년	3월 21일 이성대 선생 별세 (향년 81세). 수현의 묘소 곁에 안장
	일본국제교류기금 서울문화센터 '한일의 빛과 꿈, 의인 이수현과의 뜨거운 포옹' 개최
	'아름다운 청년 이수현 모임' 10주년 기념행사 개최
2020년	동래중학교 교정에 이수현 추모비 건립
2021년	이수현 평전 '이수현, 1월의 햇살' 출판 (대한민국 최초)

이수현 연보

| 상훈 사항

일본 정부 훈장 목배 (2001. 01)

일본경찰청 장관 경찰협력장 (2001. 01)

일본 국토교통대신 감사장 (2001. 01)

일본 내각총리대신 용기있는 행위 칭송사 (2001. 01)

일본 도쿄 경시총감 감사패 (2001. 01)

대한민국 국민훈장 석류장 (2001. 02)

제1회 온겨레 화해와 평화상 (2001. 03)

제17회 부산광역시 자랑스런 시민상 대상 (2001. 10)

일본 재단법인 경찰협회 감사패 (2001. 11)

그 외, 다수 상훈 수여

| 추모기념비 등

도쿄 아카몽카일본어학교 교내 추모동판

신오쿠보역 내 추모동판

미야기현 시로이시시 '한일우호 기념비'

부산 어린이대공원 내 학생교육문화회관 광장 추모비 (부산교육청 건립)

낙민초등학교 내 이수현 흉상 (일본 기업인 小島鎌次郎 기증)

동래중학교 내 추모비 (제작지원 : 보건복지부, 부산광역시)

내성고등학교 입구 '이수현 의행 기념비'

고려대학교 세종캠퍼스 내 추모비

고려대학교 세종캠퍼스 내 이수현강의실

부산 금정구 내성고등학교 앞 명예도로 '이수현 길' 지정

홈페이지 soohyunlee.com

수현의 20주기를 추모하며_____

사랑하는 아들을 떠나보내고
제정신이 아닌 것처럼,
때로는 어느 먼 과거의 역사 속에 들어가
홀로 다른 시대를 살고 있는 것처럼,
어떻게 지나왔는지 모를 나날이
돌아보니 어느덧 20년입니다.
물 흐르듯 그렇게 20년이라는 세월이 지났습니다.
오늘이 있기까지 돌이켜보면
참으로 고마운 분들이 많으셨다고
진심으로 생각해보게 됩니다.

한일 양국의 우호증진에 일인자가 되고 싶다며
희망에 부풀었던 아들의 갑작스러운 사고는
특별한 관계 속에 놓여있는 양국 국민에게
큰 충격을 주었지만
한편으로는 서로 한발 다가서고
보다 가까이에서 함께 할 수 있는
계기가 되기도 했습니다.

쉽게 뜨거워졌다가 쉽게 식어버리는 사랑이나 관심보다는
꾸준히 스며드는 따스한 원력(願力)으로
수현이의 꿈을 이어가고자 뜻을 모은 수많은 분 덕분에
오늘날 장학회를 비롯한 많은 행사가
여전히 이어져 오고 있습니다.
아낌없는 사랑과 성원을 보내주신 모든 분께
지면을 빌려 진심으로 감사드립니다.

여러분들의 기억 속으로 멀어져 갈 수현이의 이야기가
20주기를 맞이해 국내에서는 처음으로 책으로 출간되게 된 것을
매우 기쁘게 생각합니다.
일본 현지 행사에도 함께 참석하시고
그동안 집필하시느라 수고 많이 하신
장현정 작가님께도 고마움의 인사를 드립니다.

책의 출간을 위해 힘써주신 모든 분들의
무궁한 발전을 기원합니다.

2021년 1월에
수현 母 신윤찬(辛潤贊) 올림

241

수현의 20주기를 추모하며_____

의인 이수현!
누구나 할 수 있지만 아무나 할 수 없는 행동.

그가 우리에게 남겨주고 간 것은 실천하는 삶,
'인간애' 바로 그것이었습니다.
그는 생과 사의 경계에서 조금도 망설이지 않았습니다.
만약 삶과 죽음이 찰나의 순간임을 생각했더라면
어떤 결정을 했을까요.
만감이 교차하고 정적을 깨는 열차의 굉음이
급박하게 울리는 순간에도
오직 사람을 구해야 한다는 절박함!
그렇게 그는 죽어서도 영원히 사는 길을 선택했습니다.

26년의 짧은 삶을 마감했지만
그가 우리에게 남겨준 교훈은
너무나 커서 마음속 깊은 곳을 아리게 만듭니다.
어느덧 그가 우리 곁을 떠난 지 20년이라는 시간이 흘렀습니다.
한일관계라는 특수한 상황에서

그는 현대 한일 양국 교류사의 크나큰 별이 되었습니다.

그런 그를 우리는 역사 속의 인물로

기억하고 기록해야 할 책무를 느낍니다.

역사는 기록물입니다.

여기에 의인 이수현의 생애를 기록합니다.

이것이 역사입니다.

그의 의로운 행동,

그리고 국경을 초월한 인간애와 유훈에 비하면 너무나도 초라하지만

그래도 남겨야 할 일입니다.

부산지역에서 오랫동안 민간차원에서

한일 양국 간의 우호증진을 위해

문화교류 사업을 추진해 온 사단법인 부산한일문화교류협회가

의인 이수현 20주기 기념사업으로 '이수현, 1월의 햇살'을 발간합니다.

늦어서 오히려 송구한 일이지만 참으로 다행이기도 합니다.

이미 일본에서는 그와 관련된 기록물이

몇 권 발간된 것으로 알고 있습니다.

기록물 외에도 영화와 추모비 제작, 유학생 장학사업,

그리고 한국 고등학생 초청 등 그를 기념하기 위한

사업들이 많이 실시되어왔습니다.

그러나 정작 그의 모국인 한국에서는

기념사업이라 할 만한 특별한 행사가 없었습니다.

그나마 부산에서 실시하고 있는

'아름다운 청년 이수현 모임(약칭 아이모)'이라는

한일대학생들의 기념행사가

이수현의 유지를 이어가는 사업의 전부라 해도 과언이 아닙니다.

올해 부산한일문화교류협회는 의인 이수현 20주기를

추모하는 사업으로 '이수현, 1월의 햇살' 출판을 비롯하여

동래중학교 교정의 추모비 건립과 사진 유품 전시회,

추모 음악회 등 다양한 행사를 추진합니다.

의인 이수현을 기억하고 기록하여

그의 의로운 행동을 후대에 전하는 게

우리에게 주어진 역할이라고 생각합니다.

모처럼 출판되는 '이수현, 1월의 햇살'이 일본어로도 번역되어

이수현의 따뜻한 '인간애'가 한국과 일본의 많은 독자에게

추운 겨울날 양지바른 곳에 비치는 1월의 햇살처럼

깊고 따스하게 다가가기를 바랍니다.

(사)부산한일문화교류협회 이사장
김영건

수현의 20주기를 추모하며_____

　전 세계가 코로나19의 위협에 직면하며 생명의 소중함과 협력의 중요성을 새삼 느끼게 되는 날들이 계속되는 가운데, 의인 이수현 씨의 삶을 기록해 담은 귀중한 책이 나왔습니다. 이 책이 완성되기까지 정성 들여 취재, 집필하시고 또한 이 과정을 지원하신 관계자 여러분의 노고에 경의를 표합니다.

　20년 전, 우리는 다가오는 새로운 세기에 대한 많은 생각으로 기대감과 불안감에 빠져 있었습니다. 1960년대에 태어난 저는 '미래'와 '21세기'에 대해 황홀한 희망을 품고 어린 시절을 보냈으며, 그러다가 새로운 세기의 첫 햇살을 미국 근무 중에 맞았습니다. 미국에서 처음 접한 신세계의 모습과 시대적 배경 속에서 저 자신이 그동안 어떤 꿈을 품어 왔는지 기억을 되살리며 성찰하곤 했습니다.

　그러던 어느 날 일본 보도로 신오쿠보(新大久保)역에서 발생한 사고 소식을 들었습니다. 점차 당시 상황이 알려지면서, 큰 꿈을 안고 일본 유학을 떠난 한 한국 청년이 꿈을 이루지 못한 채 뜻하지 않은 사고로 세상을 떠났다는 것을 알게 되어 큰 충격을 받았습니다. 다름 아닌 한국에서 온 유학생이었다는 사실에도 특별한 감정이 오갔습니다만, 당시 저는 도쿄에 없었기에 소식이 제대로 전달되지 않아서 답답함을 느끼지 않을 수 없었습니다. 이수현 씨는 두려움을 느끼지 않았을까? 또 그로 하여금 순간적으로 그런 행동을 하게 한 것이 과연 무엇이었을까? 가족과 고향, 그리고 모국 생각이 뇌리를 스치지는 않았을까? 그런 생각을 하니 가슴이 미어지는 것 같았습니다.

우리가 이수현 씨의 생각을 쉽게 헤아릴 수는 없을 것입니다. 또 우리가 안일한 답을 추측하여 수긍하는 것이 큰 실례가 될 것입니다. 다만 이 책에 수록된 이수현 씨의 말들을 되새기며 그가 가슴에 품었던 꿈이 20년 후인 현재나 앞으로의 미래에 어떤 의미를 가질 것인지를 진지하게 생각해 볼 수는 있을 것입니다.

"오히려 그러한 과거를 극복하고 앞으로 나아가기 위해 일본과 관계된 일을 하면서 제 나름대로 한일 양국의 우호적인 관계를 만들어나갈 수 있도록 힘이 되고 싶어요"

이수현 씨가 일본으로 유학 가기 위해 부모님을 설득했을 때 했던 이 말이 책에 수록되었습니다. 본서 〈이수현, 1월의 햇살〉은 현재를 살고 있는 우리가 지금 해야 할 일을 생각하게 해 주는 귀중한 기록입니다.

주부산일본국총영사
마루야마 코우헤이(丸山浩平)

수현의 20주기를 추모하며_____

20년을 돌아보며

이수현! 저는 그의 이름을 하루도 잊은 적이 없습니다. 그는 고려대학교에서 무역을 전공하며 수영, 테니스, 등산 등 다방면의 스포츠를 즐기는 한편, 스스로 밴드를 결성하여 음악 활동에도 적극적이었으며 수많은 동기와 지인들에게 사랑받고 신뢰받는 훌륭한 청년이었습니다. 대학교 4학년 때 '졸업 전에 어학연수를 다녀오고 싶다'는 꿈을 가지고 일본에 유학 오게 되었으나, 당시에는 대학을 졸업한 후 유학 오는 것이 대부분이었고, 더구나 한국의 명문 대학에 재학 중 유학을 오는 학생은 몇 안 되었기 때문에 매우 드문 존재였습니다.

올해는, 그 이수현 씨와 일본인 카메라맨 세키네 시로 씨가 도쿄 신오쿠보역의 선로에 떨어진 남성을 구하려다 목숨을 잃은 사고로부터 20년이 되는 해로, 저로서는 만감이 교차할 뿐입니다. 지난 20년은 긴 것 같지만 눈 깜짝할 사이에 지나간 것 같습니다.

20년 전의 1월 26일에 있었던 일을 지금도 선명히 기억하고 있습니다. 저는 그날 오랜만에 만난 지인들과 저녁 식사를 마치고,

평소 같으면 조금 더 길어질 수 있을 자리였으나 왠지 그날은 마치 가위라도 눌린듯한 압박감이 들어 빨리 귀가를 하였습니다. 귀가 후 뉴스를 보던 중, 사고 내용이 속보로 흘러나와 처음으로 사고에 대해 접하게 되었습니다. 안타까운 사고가 났다고 생각하고 있었는데, 얼마 지나지 않아 경찰서에서 "아무래도 당신 학교 학생이 사고를 당한 것 같다"며 연락이 왔습니다. 당황한 마음을 가라앉히며 서둘러 신주쿠경찰서로 달려갔고, 이미 이 세상 사람이 아닌 그와 대면했습니다. 그가 소지했던 유품 중 본교의 학생증을 확인한 후, 현실임을 실감하게 되었습니다.

왜 이렇게 되었는지, 함께 추락한 사람은 지인인지, 상세한 내용을 경찰로부터 확인하였습니다. 당시 그는 신오쿠보역 근처에서 아르바이트를 마치고 집으로 가기 위해 역의 플랫폼에 있었습니다. 그때 그와 반대편 플랫폼에서 술을 마시던 남성이 선로로 떨어졌고, 그것을 본 수현 씨와 세키네 씨가 그를 돕기 위해 순간적으로 선로에 내려갔다가 사고를 당했다는 것이었습니다. 조금의 망설임이라도 있었다면 뛰어내릴 수 없었을 것입니다. 저는 '눈앞의 사람을 구하고 싶다'는 생각을 망설임 없이 실행에 옮긴 그의 행동에 감명 받았습니다.

그 후, 본교의 부산 사무소 소장을 통해 그의 부모님께 연락을 드리도록 했는데 소장은 도저히 사실 그대로 부모님께 말씀드릴 수가 없어서 "아드님이 큰 사고를 당해서 지금 위독한 상황"이라고만 전해드렸다고 합니다.

부모님께서 일본으로 달려오신 사고 다음 날은, 수십 년 만의 폭설로 인해 나리타 공항에서 3시간에 걸쳐 신주쿠 경찰서에 도착하셨습니다. 경찰서 앞에는 많은 보도 관계자들이 모여들어 부모님을 기다리고 있었습니다. 너무나 많은 매스컴 관계자들로 경찰서장도 당황하여, 후문으로 들어갈 수 있도록 배려해주었으나, 저는 '그는 나쁜 일을 한 것이 아니다. 당당히 정문으로 들어가셔야 한다'고 판단하여 수많은 플래시를 터트리고 있던 보도 관계자들에게 인터뷰는 추후 학교에서 실시 하겠다는 의사를 전한 뒤, 영안실로 향했습니다. 창백한 그를 보고 도저히 받아들이기 힘들어하셨던 어머님은 우리 아들이 아닌 다른 사람이라 말씀하셨고, 한편, 부정할 수 없는 사실 앞에 필사적으로 슬픔을 참으시는 아버님의 모습에 저는 드릴 말씀이 없어 그저 멍하니 서 있을 수밖에 없었습니다. 마침내 부모님께서 서로 부둥켜안고 울음을 터뜨리셨을 때는 형언할 수 없는 슬픔과 고통으로 저도 울고만 있었습니다.

악천후이기도 했기에 보도 관계자가 학교까지 많이 오지는 않을 것으로 생각했으나, 막상 학교에 도착해 보니 인터뷰를 위해 수많은 매스컴이 학교 건물 앞에서 기다리고 있었습니다. 자식을 타국에서 잃은 부모의 마음을 생각해 볼 때, 이런 상황에서 인터뷰를 한다면 '아들을 돌려 달라', '일본에 유학을 보내지 않았으면 좋았을 걸 그랬다'라고 울부짖을 것이라는 생각에, 순간 불안한 마음도 들었습니다. 그러나 부모님께서는 제 생각과 달리 매우 침착하게 "아들이 사람을 도와주려다가 죽었습니다. 아들의 행동을 칭찬해 주고 싶습니다" 라고 말씀하셨습니다. 지금 돌이켜보면, 이런 부모님이셨기에 이수현 씨와 같은 아들이 있을 수 있었고, 이수현 씨의 행동은 훌륭하신 부모님의 태도를 물려받았다는 증거이며 그렇기에 그것이 여전히 용기 있는 행동으로써 빛바래지 않고 있는 이유라고 확신하고 있습니다.

이러한 그의 용기 있는 행동, 부모님의 대응, 인품이 일본 국민에게 감명을 주었고, 정성스러운 조의금과 2,000통이 넘는 격려 편지가 쏟아졌습니다. 또한, 학교에서 치른 장례식 및 영결식에는 당시 수상을 비롯한 각급 장관과 국회의원의 참례, 수천 명의 조문객이 찾아오셔서 합장해 주셨고, 이 일에 부모님께서도 매우 감동하셨습니다. 그리고 잇따른 대응에 쫓기시는 와중에도 아버님께서는, "이 돈은 사적으로 사용할 수 없습니다. 이 돈은 공적인 곳에 사용하고 싶습니다. 모국과 일본의 가교가 되려는 아들과 같은 꿈을 이루려고 하는 유학생들을 위해서 장학회를 만들어 주실 수 없겠습니까."라고 말씀하셨습니다. 저는 부모님의 생각을 받들어 후원자와 상의하였고, 그해 장학회의 설립으로 이어지게 되었습니다. 아버님께서는, "보통은 자식이 부모의 뜻을 계승하지만, 지금은 우리가 아이의 뜻을 이어받아 장학회의 활동으로 이어나가고 싶다."라고 말씀하셨고, 부모님께서는 그의 기일과 장학금 수여식에 매년 빠짐없이 함께 참석해 주셨습니다.

그러나 아버님께서 2년 전 3월에 갑자기 돌아가셔서 저는 지금도 슬픔을 금할 수 없습니다. 우리는 이수현 씨 사고 이후 가족처럼 교류해 왔는데 어느 날 갑자기 아버님께서 계셔야 할 곳에 계시지 않는 공허함은 상상외로 컸습니다. 하지만 아버님께서는 지금 행복하게 계시리라 믿습니다. 생전에 그렇게도 그리워하시던 아드님 옆에 잠들어 계시니까요. 분명 천국에서 이곳 세상을 내려보고 계시리라 생각합니다. 아버님께서 돌아가시고 어머님께서 장학회의 명예 회장직을 계승해 주셔서 이제 수현 씨의 기일과 장학금 수여식에는 어머님 홀로 일본을 방문해 주십니다. 이제부터는 혼자 남으신 어머님을 모시고 이수현 씨 기념사업을 이어가야 하겠습니다. 어머님께서는 10년 전쯤, "일본에 가면 그곳에 수현이가 있는 것 같은 생각이 들어 일본에 갈 준비를 할 때면 언제나 가슴이 설렙니다."라고 말씀하셨고, 저는 그 말씀에 역으로 가슴 아팠던 것이 생각납니다. 그 어머님께서 지난번 수여식에서 장학생들을 격려하시며, 일본에 올 때마다 자신의 아들, 딸을 만날 수 있어 매년 기대하고 있다고 말

쏟하셨습니다.

20년을 맞이하는 이 장학금 제도로, 올해로써 총 1,000명이 넘는 어학 유학생에게 장학금이 지급됩니다. 부모님과 이수현 씨가 설립하시고, 더불어 일본의 후원자분들께서 20년간 끊임없이 지원해 주시고 함께해 주셨으니, 실로 선의의 표상이라고 해야 할 것입니다. 그렇게 모두가 함께 만들어 온 이 제도가, 앞으로도 아시아에서 오는 유학생의 이정표가 될 수 있도록 빛이 꺼지지 않게 하는 것이, 20년을 함께 걸어온 저의 책임이라 생각하며 동시에 영원히 계승되기를 진심으로 기원합니다.

아카몽카이일본어학교(赤門会日本語学校) 이사장
아라이 도키요시(新井時贊)

고마운 사람들

| (사)부산한일문화교류협회

김영건, 이상준, 고송구, 오강웅, 윤명길, 박명흠, 손동주, 권해호, 이재영,
박영충, 강성봉, 도홍길, 정기영, 김현숙, 최광준, 김남순, 박수자, 김동률,
안기웅, 정충영, 조문수, 곽규택, 강승호, 이현석, 고은하, 전미경, 하숙경,
오세웅, 문원규, 정민효, 강유나, 윤혜림, 허정아, 이경희, 김현아, 태선정,
中野智昭

| 주부산일본국총영사관

堀泰三, 阿部孝哉, 民辻秀逸, 余田幸夫, 松井貞夫, 森本康敬, 道上尚史, 丸
山浩平

| 의인 이수현 정신 선양회

한경동, 이태환

| 부산광역시의회

제대욱

| 도움주신 분들

강명수, 문미경, 박한국, 박희진, 정계순, 추가열, 小林直人

| 아름다운 청년 이수현 모임 참가자

2010년

김미정, 김선이, 김소라, 김승현, 김애영, 김은미, 김태성, 양유림, 이선미,
이영은, 이현주, 이혜경, 임승택, 임채은, 최병훈, 岡田隆志, 瀬戸口由惠, 万

田伸枝, 木村美紀, 松尾優, 野原志穂里, 野村綾葉, 野村幸愛, 永井奈津子, 友田綾美, 中川貴司, 草野仁, 出雲しおり, 太田千鶴, 荒木健太

2011년

김수미, 김진율, 노정현, 박세열, 박수지, 박은진, 송유환, 신미란, 안수진, 양정우, 이가은, 임준희, 전민규, 정승화, 정재현, 堀江由莉, 南睦美, 杉田亜久梨, 松原綾, 新野華奈, 阿座上圭子, 窪田志織, 原口佳奈, 齋坂音花, 槇田奈々美, 斉藤優, 中島彩子, 池田文香, 澤谷志織, 樋口忠宣

2012년

강민경, 김동규, 김보문, 김진훈, 신재민, 이경아, 이동민, 이윤정, 이현주, 임채성, 정재현, 정화선, 최주영, 関江帆奈, 吉田香, 那須亮祐, 牧祥子, 西田大祐, 西田裕美, 小林美智子, 矢次紗也, 岸本加代, 奥山友美, 日高治香, 井上直孝, 齊藤コズエ, 佐藤由梨花, 青山沙帆, 樋口忠宣, 平島拓人

2013년

권병호, 권청식, 김성문, 김소연, 김예지, 김현수, 박근욱, 박설기, 박지현, 안용환, 이은주, 정지원, 조아나, 조용국, 한창엽, 岡元裕紀, 樫村采花, 鈴木友梨, 朴真子, 杣川栄摘, 杉山千恵, 石尾純子, 笹井のぞみ, 水関琴望, 桜井大樹, 若林ユイ, 玉城裕也, 鳥居香, 脇坂明穂

2014년

김규리, 김재헌, 김태민, 나혜영, 박장호, 배기웅, 배형준, 안효민, 이민수, 이유경, 이은지, 정가윤, 정태식, 최성배, 최소휘, 岡田真奈, 宮坂瑠衣, 藤原梓, 馬庭悠次, 上田実倫, 松下真子, 辻実央, 遠藤彰吾, 有田杏美, 前崎有砂, 田代玖留実, 値賀夏波, 平山恭凶, 坪上亮平, 荒木夏名美

2015년

곽소라, 김다원, 김미진, 김보경, 김세린, 김용수, 김지은, 김진주, 박성철, 박은희, 박현빈, 손강희, 송정현, 안민영, 안유진, 이근영, 이도경, 이민주, 이지윤, 전영현, 정단비, 정병규, 정주연, 古谷知世, 橋本健太, 渡邉圭祐, 末田將樹, 白井香澄, 本山莉乃亜, 山田愛弓, 上岡史依, 櫻井由貴, 中尾嘉宏, 中村優士, 清水佳織, 平野まゆ, 平野和, 丸山陽子, 横林志織

2016년

고병성, 김준모, 박현빈, 송정현, 오소담, 윤성문, 이민지, 이슬기, 이재민, 이정하, 이지원, 장혜정, 전준민, 정병규, 조효진, 内村優太, 大淵早希子, 渡邉圭祐, 木村貴, 副田詩織, 山本遼, 石原さや, 石田里穂, 松永聡子, 安永亜璃茉, 一杉優, 田中咲良, 田村ミッシェル, 中江佳奈, 村山幸輝

2017년

강지서, 김경태, 김보람, 김세린, 박청운, 손승희, 이창열, 장하정, 전영현, 전은혜, 정대겸, 정현지, 지봉수, 최정웅, 한교범, 大橋もか, 大野真穂, 上田チ富世, 石川琴茉, 船迫希恵, 小林奈央, 水野上彩華, 岩崎彩華, 一瀬華乃, 佐藤実希, 佐伯樹, 中園桃香, 会田彩乃, 喜納美津子

2018년

김범창, 김세린, 김채이, 김효정, 노희찬, 서하연, 심영준, 장은수, 장현하, 전영현, 정수현, 정재현, 조현영, 지봉수, 천혜진, 최은정, 大瀧夢乃, 諌山久瑠実, 鹿野夏妃, 上田千富世, 石田里穂, 手島美月, 新納みなみ, 神野光, 野上納穂, 荻須郁奈, 趙大輝, 中尾優花, 平石真帆, 平野花奈

2019년

김종혁, 김한훈, 남윤석, 노희찬, 류희진, 손성현, 오병헌, 윤태인, 이관호,

이근일, 이수현, 이슬안, 임성률, 조현영, 홍세아, 大東晏奈, 大東莞奈, 大庭穂乃果, 島田紗代, 白石舞音, 小室荣々子, 阿部彩果, 宇都宮斗吾, 遠藤杏, 長谷川荣緒, 齋藤みる, 中園愛海, 坪根真荣

| 도움주신 단체

고려대학교박물관, 낙민초등학교, 내성고등학교, 동래중학교, 롯데자이언츠, 부산광역시청, 부산교통공사, 부산국제교류재단, 부산외국어대학교, 부산일본인회, 아카몽까이일본어학교부산사무소, 일본국제교류기금 서울문화센터, 이수현씨 기념사업 총동문회, 한일청년교류회

| 아카몽카이일본어학교(赤門会日本語学校)

新井永鎭, 안채모, 윤길호, 심초련, 김기현, 신소미, 김경리, 田中展子

| LSH아시아장학회(LSHアジア奨学会)

이사(理事)

谷野作太郎, 鹿取克章, 後宮邦彦, 金惠京, 內山安之, 大日向和知夫, 佐桑徹, 石原進, 新井時贊, 永井早希子, 熊谷直幸, 佐藤修, 中村里美, 荒木幹光, 有我明則, 堀道夫, 寺井宣子

개인회원(個人会員)

岡田多津子, 德山謙二, 留野健一郎, 桑原弘美, 石川尙子, 小野正昭, 伊藤弘, 日野健, 荻原浩, 佐々木竹男, 倉本富士子, 淺見永理子, 川村信夫, 最所潤, 鈴木憲和, 松本一裕, 佐藤良, 飯岡靖武, 大竹和子, 立松一德, 西村六善, 安部素子

관계자(関係者)

永島守, 佐藤次郎, 陳信之, 高銀惠, 喬穎, 飯塚康子, 北原宗明, 寺井裕, 山崎

宏樹, 梁鎬錫, 兪皓善, 崔成有, 陳林

찬조회원(贊助会員)

高橋百合子, 森口久子, 余田幸夫, 田中展子, 横田千津留, 外山ゆみ子, 小野久美子, 中山安正, 古村誠, 松田佳子, 渡辺三根子, 高橋佳子

단체회원(団体会員)

小倉基義, 田島正敏, 野田耕司

학교회원(学校会員)

谷大二郎, 宮田智榮, 吉岡正毅, 金硯萬, 倉田信靖, 德山隆, 遠藤由美子, 栗田平順, 林かほる, 本田幸雅, 山口寬, 山本弘子, 上田一彦, 小林妙子, 染谷亞矢子, 富田妙子, 酒井達男, 泉岡春美, 川原盛和, 清水德銘, 太田俊政, 土生雅俊, 片山浩子, 香川順子, 黑岩美沙, 林麗芳, 橋本治夏, 長谷川惠一, 木下沢成, 神村愼二, 林隆保, 盛田武嗣

지원자(支援者)

小倉基宏, 小暮幸雄, 木內健太, 渡邊王雄, 加納紀子, 加藤雅子, 間馬淑惠, 岡野元慶, 古谷純子, 高山辰夫, 高遠祥子, 谷川保代, 菅野百合子, 橋本惠子, 石神初江, 石沢雅彦, 石沢美繪, 石橋昌一, 石橋泰, 今村讃, 上田譽志美, 大坂元一, 大沢誠, 大原博昭, 小川政志, 勝村誠, 小林美雪, 小山修一, 今野久仁夫, 澁谷佳子, 昭野聰一, 須坂政子, 須戸京子, 西村敏子, 西村百子, 森松義喬, 矢野保子, 渡辺雅仁, 稻森美惠子, 永田和昭, 菊池富美子, 光宗良太, 松永真紀子, 池龜信子, 島謙造, 稻越伸江, 阿部倉克整, 新井伶子, 有賀聰, 長正子, 尾崎佳子, 鷲谷幸男, 白壁勝哉, 白壁惠子, 新屋紀, 杉山しげ子, 鈴木紀子, 瀨川智子, 田部井真弓, 直塚京子, 簱野壽雄, 姬島貴子, 前沢好美, 前田登茂子, 山根雅瑛, 宮田起三弘, 松本桂樹, 曾川奎二郎, 高橋美惠子, 栗

林敏郎, 恒川元行, 鶴田桂策, 山内章, 徐東湖, 鎌谷時子, 高木和子, 相沢芳美, 今井朝子, 大日方保枝, 久保田禮子, 小島みどり, 箱山良治, 小林直人, 沼崎幸枝, 西崎由賀里, 大島明子, RYOJIRO KOJIMA, 廣瀬和雄, 青木明子, 赤星義弘, 安藤清治, 安藤正子, 池妙子, 池津裕文, 池永憲彦, 伊藤京子, 伊藤扶美子, 伊藤裕司, 打木榮子, 岡井勳, 衣笠邦彦, 木場福子, 工藤桃子, 栗原直以, 黒川純子, 後藤靖子, 齋藤雅子, 作野淑子, 佐藤哲朗, 柴野信子, 筑紫千秋, 土坂歌子, 寺杣順子, 土岐德子, 長原文惠, 中村讓治, 中山賀世子, 那須勝子, 野口久枝, 野口洋子, 萩田篤, 萩原哲治, 朴斗相, 半田敦子, 福島早苗, 福室修, 藤井裕子, 本橋和子, 前田久米子, 真壁哲夫, 牧田京子, 町田洋次, 山口省之, 山下みや子, 山田規矩子, 山本治代, 山本高通, 横山百枝, 四の宮和子, 渡辺寬子, 奥田耕也, 山元和子, 山中美津江, 山田 卓, 山本美貴子, 川島怜, 早乙女敏子, 早川三枝子, 中沢良子, 坪田由美子, 波多野千之, 福田幸江 , 平田義明, 川瀧多賀子

| 배용준 팬클럽(BJYファンクラブ)

相原桂子, 大升美代子, 倉本富士子, 瀧沢知草, 林祥子, 福富浩子, 富高美津子, 副田靖子, 北井はるみ, 北脇節子, 山根千里, 森谷和代, 石井美江, 石川ひとみ, 小林洋子, 小笠原秀世, 柴田かおる, 遠藤幸子, 樽野美千代, 志甫志津子, 只腰真理, 丸山靖子, 猪野俊子, 井谷美津子, 佐藤真紀子

|LSH아시아장학금 수혜자[LSHアジア奨学金受給者]

2002년

金志華, NGUYEN AN KHANG, 李紅艷, 葉婧, 姜雪梅, 金恩美, 朴英愛, 柳偉, 崔恵貞, ディーンシートンアン, 陳鴻, ラジャグル チャミンダ, 蒋涛, 鞠占強, 李珍姫, 林水成, 裴吉英, 金美栄, 金一有, 田春植, 金哉畋, 宋貴花, 陳微安, 関沛雯, 何文涛, 李仙美, 李善美, 姜安旻, 金起徹, 武紅梅, 崔美月, 趙美主, 王冠東, 李真希, 李立, 崔祀赫, 徐秀娟, 李雨英, 金美恵, 楊馭文, 昊正峰, 李志偉, 李有禎, 池聖赫, 王鶴, 郎涛, 祁宇飛, 余偉, 余蓮, 揚瑞生, 鄭昭永, 金賢嬉, 申于定, 金成虎, 張紅杰, 朴柱泓, 戴新艷, 金戴潤, 全憲珍, 金愛花, 李明姫, 金錦英, 権卿福, 周子悦, 金香, 高立軍, 金志洙, 馬一迪, 李敏炯, タマーシ, 呉詠妍, 金現姃, 朴美玉, 趙陽, 洪京南, 于洋, 王富江, 宋暁萍, 金乾竜, 姜華峰, 禹棋充, 金進法, 沈賢珠, 金東煥, 宿愛美, 林強, 薛波, 崔勝範, 朱宰民, 金鐘蓮, 金芝蓮

2003년

林玉梅, 金竜軍, 楽聖雅, 梁明玉, 許媛涵, 金姫貞, 李研, 于海波, 李紅, 曹青福, JONGDEECHAROEM VIMONRAT, 李恩京, 王宜紅, 朴宣炫, 金世珍, 韓銀河, ツェツゲー エンフトヤ, 崔文成, 趙顕哲, 朴峴佳, 賀鈺, 辛京俊, 趙東, 裴恵蘭, 許成和, 戴昊敏, 具昊英, 李春梅, 叶志梅, 朴利浚, 金満慧, 李文婧, 池昇弼, 賽汗其木格, 王艷, ナラントゥヤ ノルジン, 毛東恒, 崔允僖, 任音順, 姜清芳, 朴貞児, 金珍燮, MDSAHID HASAN, 朝勒門, 林穎珊, 姚明, 兪萍, 崔竜権, 李成浩, 鄭養心, 孫暁明

2004년

MANITA SHRESTHA, 易善珺, TORILLO JULIAN JR.EPE, 楊琦, 金玟志, 李娃妍, 趙徳来, 金玄東, 張簌, POUDYAL SWOTANTRA, 謝云清, 李相門, Byambasuren AGIIMAA, 鐘治国, 李昇喜, 張科, 朱宣姫, 高紅霞, 鄭貞愛,

斉美娜, 金宝羅, 金京愛, 李永周, バスナヤケ アブハミラケ チャミンタ プラサド, 金秀英, 顧星辰, 何江琴, 黄偉, 洪鉉宗, 郭燕慈, TEE SOO THIN, シュレスタマノジ, TRAN THI MINH TAM, 阮克誠, 牟福軼

2005년

王青清, 呉珍妮, モティウ ラーマン, 呉予博, 朴槿遠, 烏塔哈図, 沈容晢, 車善璟, 林育澍, 金熹周, 鄭湖蓮, 玄善模, 魏子竜, グェン ティー タイン ティン, 林延昌, 尹彰恩, 蘭暁栄, 金兌垠, 鄭小芳, 鄭艶穎, 金芝瑛, 荘明姫, 李恩政, 徐均碩, 河正一, 高喜, 李圭章, 李淵姫, 薛如鶯, 魏恵忠, 林鏡, プーヤン MD アブドゥール ジョリル, 張鵬, 苗真, 朱響義, 欧建興, 范広順, 朴瑢彧, Yew Ren Wee, 葛立国, 尹炫善, 金利映, 張佳麗, ヒラル アラクチラゲ ギーティカ プリヤダルシャニ, ウディン イスラム, 金載盛, 金仁慧, サン マイ ジヤ, ハルディヤント シギツト

2006년

李韓松, 申愛英, 彭巍, 林小燕, 李在弘, 馬文萱, 林燕, 文成煥, 許香丹, 鄭香英, 関暁華, SAENGWILAI TITIMA, 金順子, 巫淑婷, 林詩書, 蘇恩布日, 呉明夏, VU THU HIEN, BAIDYA RAJAN, 宋寿蓮, 金元春, 徐依娜, PHENNARONG JUTARAT, 劉罡, 朴吉洙, 安智恵, 楊帆, 皮海風, 邱雅芳, 林世元, HERIYANI, CHOTU MOHAMMED SALEEM AHMED, 金南孝, CAO THI HONG CHUC, 楊恩真, 王進軍, 王彤, 施昌平, 洛実, 金智栄, 尹昭然, 董菁, APRILIANI DIAN FABSI, 崔鵬, 朴浚植, 葉益男, 朴賞恩, 陳瑋玲, 劉ハナ

2007년

金尤英, 金竜虎, JACOB ROMMER LLANA, 王楠, 陳徹, 李珍花, 鄭台基, 潘岩, DANG THANH TAM, 沈育祺, 金陘我, 郭慧, 葛宏彬, 金宰於, 金中熙, 王碩, 草杰, JAGADISH KHATRI, 趙永虎, 李妮熙, MD. UZZAL HOSSAIN,

高磊, 朴賢根, 權五皓, 楊文麗, 延ボラム, 薛葉青, 李敏玉, 尹相君, 金栄仁, 武秀娟, 金成軍, 王偉, 楊云屏, 陳国勇, 李鵬飛, 李常美, 金如真, 李焰享, 呉情ア, N.A.DINESHA DOROTHY, ZEFANYA EFRON, SARANCHIMEG URANGOO, 呉珉錫, 李昇桓, 林芝蘭, PHAM NGUYEN TU NHY, 丁潔, HUYNH THI BICH HANH

2008년

周清瀛, 趙恒, 康騰夫, 周斌, 陳榕, 賴菲菲, 尹正培, 千剛熙, 李真真, 張晨, 白尚憙, 朴施泫, 柳石浩, 尹娜妍, NGUYEN QUANG PHUONG TRAM, 周杰, 英雄, 呉桂祥, BILLA MOHAMMAD MASUM, BUTREE TRAWATCHAIPRACHA, 張赫, 李秀晶, 林嵐, 金炫, 屠旭洋, 黄宗海, 李珍, 趙国全, 郭宰郁, 周瓦, 金文杰, 趙智賢, 李政憲, 王鑫, LUONG THI HA TRANG, 文昶錫, RAHMA DITA PUTRI, 朴喜民, 李基丞, 孫貞恩, 李恩真, 王楊, 成旻奎

2009년

呂天吟, 柳錫周, 林家慧, 林琴, 茅佳斌, 李嘉星, 張慧敏, 王珩, 張栄双, A. A. AYU SRI PURNAMA DEWI, JONGPRASERTKUL SASIMON, 祝皓, 馬蘭芳, 党崧岩, SU MON YEE, YENNI, 武婷婷, 斉兵, 鄭ダウン, 胡小嬌, 喬璐, 敖日騎, 呉姿儀, 徐茂峰, 廖若好, 李赫珍, 黄麗容, 王鑫, MADHUMITA GHOSH, 林鎬娟, 金政熙, 尹翠, KUSMA SANDESH, 杜永飛, 王嘉明, BUI VAN HAI, 金道烱, 林浩淲, 孫台栄, G. W. SAMEERA BASNAYAKA, 丁奕春, 林廷鮮, 尹錫冑, 張玲, 周恩善, 李晶晶, 薛晨, MA THIN ZAR THEINT, 王開明, 秋知勳, 朴始研, 李美花, SHRESTHA RAJAN

2010년

金慧印, 鄧懿庭, 瀋小丹, 尹智煥, 陳小穀, 呂旦妮, 高峰, 張安棋, 胡文言, 曾

琴, 王家祥, 方伝才, PHAM THI HONG, 李瑛雅, 翁其財, 劉小川, 衛元喜, 李美松, 鳥呢日其其格, HARICO SOFENDRA, 王品品, 金鋕宣, 尹ソル, 井永哲, SHAHI MIN BAHADUR, 全玉雪, 倪炉青, 李宰赫, 楊岳蓉, 陸東星, 劉会娜, 李省翰, 南春英, 金喜珍, 郭美庚, 成多鉉, 楊冬, 桂凡真, 宋宝倍, 金善, NGO THANH XUAN, 金彗螺, KHATTRI SUSHMA, 姜海鵬, 史明宇, 杜衡, 李SENA, 高銀亨, 詹筆焜

2011년

姜泰権, 叶勁, 于婧, 羅先坪, 高埼, 陳星, 金周炫, 徐智恵, 王一静, 陳嘉毅, 王俊之, 朴芝澄, 梁暢, NGUYEN THI THANH THUY, 崔承勳, LY BAO QUOC, 孟根賽, 江平, 包金, 呉京梅, 裴慈英, 吉馳, MAI THANH PHONG, 包磊, 黄宗鎮, NURUL HUDA, 金材是, 宗麗婷, 張郷郷, 徐童, 孫広林, 楊屈, 魔興埼, 肖二紅, 陳高均, 劉万賢, NYEIN LEI YEE, ICANCHAN SIJAPATI, 馬海竜, BURIAD MUNKH-OCHIR, 徐瑛, 劉天行, 朴溶, YIN THUZAR KYAW, 陳宣玲, 那新悦, 金秀員, 謝長恩, 李在英, 黄戈, 黄蓓

2012년

蒋雍, 王義, 林斌, ユヨンミ, 王胎嫻, 朴哲民, 余凌帆, 王権, LE PHAM VUONG ANH, VONGVADHANAROJ SORAPOOM, DUWAL KRISHNA SUNDAR, 周明蔵, 庄行行, 李俊領, 郎歓歓, 林炳杰, 徐ハナ, 全愛華, 林同財, 陳樹燕, 崔在佑, 鄭穎馨, GANBA TBATARGAL, 馬麗, 張朱希, 苗雨竜, 朱婷婷, 張錦超, 林炳康, 楊修昇, 王晴, 夏遠鵬, 沈琳傑, 白金, 翁碩甫, RANA PITAMBER, 李静, 張城国, LEM WEY GUAN, 唐偉華, 劉鶴, TRAN DUC ANH, 徐晙赫, 万裕安, 申晋銘, SHRESTHA ASHISH RAJ, ERDENETSOGT NERGUIBUD, JIRANYAKUL PIANGPIM, 朴民赫, 楊甜鈿

2013년

厳偉航, 孫溢晗, パクガンゴン, WORASIT KORNKANOK, 李洋, NOURN TOLA, 才孝冰, 載干凱, 紀邢曉, 陳瑤, GANDA BARASA, NGUYEN THI XIEM, 晏腊生, 賀夢佳, 金光哲, 平玉蓉, 王淳, 徐銘沢, AKITI NAVEEN REDDY, 劉超, AGUS SHOPIAN, 李烘折, BUI NGUYEN TUONG VAN, 李陽, TAMANG DEVENDRA SINGH, 李楊, CAEZAR HARRY, 譖輝艶, 劉彬琪, 羅正友, RABEEA ARSHAD, PUN SRISTI, 李恵真, 王琳, MYANGANBAYAR ANKHZAYA, SIJAPATI HIMAL, SHRESTHA SURAJ, 金智焄, 買少君, 範宝航, 陳品蓉, 賀希晨, 黄俊, DO THU HANG, 張嘉詠, MA THI THUY, 何雨詩, 林苑青, 孫璋, 李青露

2014년

BUI THI MY TRINH, 劉娜娜, 魯和恩, 柳寅燮, 楊婉君, 金成傑, NGUYEN TUAN ANH, SEDHAI DIPENDRA, ANDRADITYA DHANU RESPATI, NGUYEN HONG DANG, NGUYEN VAN TRANG, TRI INDRI ASTANTI, NGUYEN VAN GIANG, 朱琳, 李斗憲, 李俊傑, 魏雅璐, 張徳峰, 廉昊燮, 富金輝, BAWONTERAPAK PAKRADA, GIRI JANARDAN, 柳済元, BUI VAN NGOC, 王子奇, DESI TRIWAHYU NENGSIH, 成珂, SHERPA DALEE, TRAN VAN DIEP, 王悦, 呂済平, NGUYEN THI NGOC HIEN, 何倩, BUI THANH HAI, 李智恩, 洪妙欣, 朱詩源, TRAN TI-II THANH, 閔招熙, 曹寵, 許英, 曽珍, 廖桜華, 林彦賓, KHADKA PREM, NGUYEN THI HUE, NGUYEN TRONG THAI, 鄭智恵, 張偉彬, 田晟敬

2015년

DUONG THI QUYNH, JAYASUNDARA MUDIYANSELAGE SAMARASIRI PATHMA BANDARA, 蔡沛瀚, 陳飛, MAY YADANAR, 林修瑜, TO VIET TRUONG, 金大洪, PARAJULI BINAYA, 孫一鄰, HOANG PHUONG

NHUNG, RITA SHRESTHA, 朴晟賢, 馮昕, WICKRAMAGE INESHA CHATHURANGANI, 王俊茜, 李珍晑, 斉陽子, 韓志炫, 楊博文, 石岳, GURUNG CHUN MAYA, 林文広, RATHNAYAKA MUDIYANSELAGE DEEPIKA PRIYADARSHANI RATHNAYAKA, 張鈺涵, AMGAI HARI PRASAD, 王君峰, 王晶, 余陽天, 関雅文, 李大川, LE THI MAI TRAM, 任佳慧, DESHAR NIROJ, 趙曉宇, MUNKHBAATAR KHALIUN, JAMKATEL SUNIL, 王璇, ENG KIMHAK, 陳凱恂, 于雪情, NGUYEN VAN TU ANH, SUNDAS SAPANA, SI-IERPA NIMA GELU, PAHADI KESHAB, 池奉根, SUWANNASIT TANTAP, NU NU RHINE

2016년

鄒俊, 陳翠珊, 王渤雯, 程晋輝, 羅玉桐, 陳曼莉, NICOLAS NIMFA ARQUERO, NGUYEN VAN THUAN, 彭芳芳, MUHAMMAD SYIHABUDIN, KHADKCA BHUWAN, SEVIKA CHAMLAGAI GAUTAM, 馬波, NGO THI ANH, 紀成翰, KHATRI SURENDRA, 蔡俊瑾, 徐銀淨, 吳念眞, DULMVJAV SHURENTSETSEG, 李仕贏, 林人喆, 何靜, PHAM THI CHAM, 劉涵菲, 歐陽珊珊, NGUYEN THI NGA, 龐子安, 李哎諸, 李雯俊, 李慧善, LAI THI NGUYEN, DUONG THI NGOC BICH, RIFA NUR KHAIRUNNISA, 趙淑希, VU THI NGOC ANH, 苗文正, 金善明, BANIYA ANJANA, TIN MAY LWIN, LE HONG PHONG, DOAN NGOC HUYEN, DINH KIEU MI, DOAN TRONG HOAI, VU VAN NAM, 李敏, TRAN HOANG LONG, ISLAM MD RAFIQUL, 李永基, CAO MANH HUNG

2017년

斯晴塔娜, 姚遠, 李在柱, 揚苹, 姜翼林, NUR FITRI, TRAN THU HANG, SAMARAPPULI HENELAGE CHATHURANGANI GEETHANI PREMASIRI, PHORN THUON, 李重楼, LARASATI ANGGANINGRUM,

PHAM THI PHUONG LINH, KOIRALA SANJU, NGUYEN THI DIEU ANH, 梁柱会, 杜云飛, 呂承道, RAI CHANDI MAYA, 李烘周, 李林翰, LY VIET DUNG, 王若函, HNIN EI PHYU, NGO THI NGOC THUY, ARMACHUELO CLRMAINE VILLAMOR, 徐萱彤, 呂思達, VU THANH HUYEN, 金台昊, 金沅埈, 李義元, 劉梟, 徐嘉曼, NHIEL MENGKUONG, NGUYEN HONG NHUNG, 趙朗婷, TAMANG PHUL MAYA, 張鳳婷, BATBILEG DULAMSUREN, NGUYEN THANH SON, TA QUOC TOAN, NGUYEN TRUNG HIEU, KHANT ZIN HEIN, 張桐睿, CHHETRI SHAKTI KAPOOR, MAGAR BARUN, OKKY ARIANI SUDJARWO, SENG MAI, PHUNG XUAN DUC

2018년

高渝, 馮瑞祺, TRAN THI TRUC QUYNH, 崔埈浩, 李雪嬌, 宋曉璇, DO HUU NGHIA, NGUYEN THI THANH TRUC, 林秀怡, VO THU HA, DINH THI YEN, MIN THIKE NYAN, 黃漢卿, 趙其姝, NGUYEN VAN DUNG, 鄒鑫, 権炯九, 劉雅婷, 李曙僖, PHAM THI QUYNH HUONG, 李嘯, 王燕靈, NGUYEN DUC TAM, ACHARYA SARU, 王晶, ISLAM MD RABIUL, KATHRIARACHCHI ERANGA UPULEE, TRAN THU HA, 張誠祐, PHAN THI THUY NHUNG, 金東昱, LE THI THAO LINH, 李思逸, 陳莎莎, THEIN ZAW, NGUYEN THI THIEP, 武索碩, TRAN LE THONG, RAPIATUL HIDAYAH, LE CHAU TUAN, NOVAYANTI APRIANA SITANGGANG, 金先珍, 謝元浩, PHAM XUAN TUAN, 楚瑞陽, NGUYEN THI LINH, VONG CHI HONG, LKHAGVASUREN DULGUUN, 鄭智勳, 迪里木拉提·依米提, KHAN MD RASHED, MAHARJAN SUJI, VUONG THI PHUONG THAO

2019년

SARIN SOKRETTSAUTTA, 劉子薊, 梁正旼, ZE MO LAR, NGUYEN HOANG NHAT, CHONG LOK SEE, DO THI THAO NGUYEN, NGUYEN PHUONG LIEN, SHRESTHA DEEPIKA, NINDYA RIZKI UTAMI, K C GOVINDA, ACHARYA SUMAN, KHAN MD SALAM, DARIBAATAR KHULAN, 叢琪潤, 陳嘉穎, HEWA ARACHCHIGE SURENI ERANDIKA SAMAYAWARDHANA, 范怡珣, 李貞仁, 張一歌, 李相宰, DANG HONG THANH, 王杰, NGUYEN THI TUONG VI, 金眞暎, MAGAR GOBINDA, 李秉錚, TRAN HOANG KHAI, NGUYEN THANH THANH, PANDEY RABIN, 徐若庭, RAFIF YUSUF GIVALIF, 陳婷, 王潤軒, 栗文蕊, 郭曉瑞, SUNPEILIN, SHRESTHA BISHAL, 李承真, NGUYEN THI DUNG, MARTINEZ MIKEIL GABRIEL GERMAR, KEVIN YUSWAN, 丁缶熙, UDDIN MUHAMMAD NAYEEM, DAO MINH PHUONG, BOLDBAATAR MYADAG, MAC THI DAO, TRAN THI THU PHUONG, 李英蘭, GHERALDY SALOMO PANGKEREGO, 宣青庇

2020년

董睿, TRUONG THI LINH, 于洋, 金尙佑, 才子涵, 張昆吾, LAM THI NGOC HUYEN, 吳承勳, 錢昊天, 吳洪玲, GANZORIG DELGERMAA, 葛家奇, 金棋東, 李光仁, FARHAN DANIAL BIN MOHD EKRAM, BUI THI ANH THU, BUITHI PHUONG OANH, 楊嘉笛, PHAM VAN HONG, DAM THI LAN ANH, CHHANTYALGANESH, NGUYEN XUAN LUONG, 伍嘯天, OLI PREM, 姚一婧, 娜日蘇, PHAM THI MAI, 柯長源, DIKA ALPUMA GUSTAVINO, 金文成, 張劍波, SURIYAPPERUMALAGETENISHA PIYANJALEE SURIYAPPERUMA, 尤培遠, 金世逸, 尹柱煥, 蔡捷安, SOT SOTHEA, CHANQISHENG , 徐兆佑, 楊雅潔, 姜定賢, LETHI HANH, MAI TUONG THINH, 梁瑋怡, BATBOLD KHUSLEN, NGUYEN THI NU, 沈江土, NGUYEN THI LOAN, 楊理媛, 秦詩雨

사진으로 보는

이수현의 삶

위) 어릴 때부터 승부욕이 강했던 수현 (왼쪽)

아래) 아빠는 수현에게 어린 시절부터 가장 친한 친구였다.

유학시절 후지산 정상에 오른 이수현

위) 아름다운 청년 이수현 모임(약칭 아이모)의 첫걸음

아래) 수현의 모교인 낙민초등학교 교정, 흉상에 모인 아이모 2012 회원들

위) 수현의 마음을 담아 힘찬 시구를 하는 부친 이성대님

아래) 의사자 이수현(영락공원 내) 묘소에 헌화하는 아이모 2013 관계자들

낙민초등학교

내성고등학교

위) 수현의 부모님

아래) 이성대 선생의 생전 모습

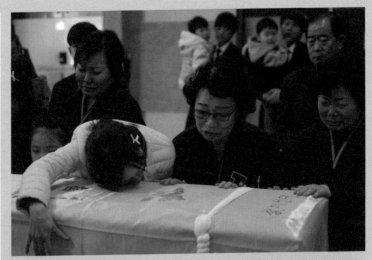

위) 수현의 부친 이성대 선생의 장례식

아래) 이성대 선생이 아들 곁에 잠드는 날

위) 이수현 행사에는 20년이 지난 지금도 수많은 사람들이 찾아온다- 2020.01 일본 도쿄

우리는 당신을
잊지 못해
결코···

2020.01.27
美晴にて